La mémoire des sens

REBECCA WINTERS

La mémoire des sens

AZUR

HARLEQUIN

Collection : Azur

Titre original :
RECLAIMING THE PRINCE'S HEART

HARPERCOLLINS FRANCE
83-85, boulevard Vincent-Auriol, 75646 PARIS CEDEX 13
Service Lectrices — Tél. : 01 45 82 47 47 - www.harlequin.fr
ISBN 978-2-2804-9102-0 — ISSN 0993-4448

Composé et édité par HarperCollins France.
Imprimé en juin 2023 par CPI Black Print (Barcelone)
en utilisant 100% d'électricité renouvelable.
Dépôt légal : juillet 2023.

FSC www.fsc.org MIXTE Papier issu de sources responsables FSC® C159065

Pour limiter l'empreinte environnementale de ses livres, HarperCollins France s'engage à n'utiliser que du papier fabriqué à partir de bois provenant de forêts gérées durablement et de manière responsable.

1.

San Vitano, un petit royaume enclavé entre l'est de la Suisse et le nord de l'Italie.

Lorsque Rini fit mine de s'écarter de Luna, son adorable épouse, celle-ci le retint en le prenant par le cou.

— Pas si vite, redis-moi pourquoi tu dois absolument me quitter aujourd'hui, fit-elle, encore à moitié endormie.

— Une inspection que je ne peux pas différer plus longtemps, *mi amore,* répondit-il après l'avoir embrassée tendrement. J'ai rendez-vous avec l'ingénieur en chef de la mine et ses assistants pour mettre en application de nouvelles règles de sécurité.

— Je comprends que c'est important, mais nous n'avons jamais encore été séparés depuis notre mariage. Tu me manques déjà tellement que je n'ai pas pu dormir.

— Et moi, pourquoi crois-tu que je t'ai fait l'amour la moitié de la nuit ? murmura-t-il contre ses lèvres, si amoureux qu'il aurait pu passer tout le reste de sa vie au lit avec elle. Mais je serai de retour dès ce soir.

— Je l'espère bien. Nous fêtons aujourd'hui nos six mois de mariage. Je t'ai préparé une surprise.

— Pour rien au monde je ne voudrais rater ça ! s'exclama-t-il en la serrant contre lui. Moi aussi, j'ai une surprise pour toi. Et maintenant, rendors-toi vite.

Après l'avoir embrassée à en perdre haleine, il prit une

douche, enfila un jean, une chemise de travail et des bottes, et se dirigea vers l'hélicoptère qui l'attendait derrière le *palazzo*.

Le trajet jusqu'à la mine d'or Re Mida, située à la frontière avec l'Italie, l'Autriche et la Slovénie, ne prit pas plus d'une demi-heure. Des employés l'attendaient déjà dans son bureau, et ils descendirent ensemble dans la mine, où ils s'activèrent jusqu'à 15 heures.

Enfin, Rini demeura seul avec l'ingénieur en chef au fond d'un puits incliné.

— Avez-vous encore des questions à me poser, Votre Altesse ?

— Gustavo, combien de fois t'ai-je dit que je ne suis que le prince héritier et pas le roi ! Appelle-moi Rini.

— Ce n'est pas facile. En tout cas, les nouvelles règles que vous avez mises en place ici vont grandement contribuer à améliorer la sécurité.

— Je suis heureux que tu les approuves et impressionné par l'excellent travail que tu fournis. Tiens-moi au courant des progrès accomplis dans ce domaine. Maintenant, je dois rentrer à Asteria. Ce soir, ma femme et moi allons célébrer un anniversaire.

— Je ne vous en veux pas d'être pressé, répondit l'ingénieur avec un sourire complice. Puisse votre lune de miel durer éternellement.

— Merci. J'avoue que j'ai hâte de repartir…

Tandis qu'ils remontaient la pente du puits, un grondement assourdissant, semblable à celui d'un train lancé sur eux en pleine vitesse, se fit entendre, et le sol se mit à trembler.

— Un tremblement de terre, souffla Gustavo, tétanisé.

— Ça ne va pas durer, murmura Rini.

Dans la région, ce phénomène n'avait rien d'exceptionnel, ils l'avaient déjà ressenti de nombreuses fois tous les deux. Mais le tremblement semblait dans le cas actuel s'éterniser sans diminuer d'intensité.

— Remontons vite à la surface !

À peine Rini avait-il prononcé ces mots qu'une bombe sembla exploser sous leurs pieds et qu'ils furent projetés à terre.

— Ce n'est pas un tremblement habituel, Votre Altesse ! s'écria Gustavo.

— Tu as raison. Continue à remonter vers la surface, je reste juste derrière toi.

— J'ai peur ! Ça continue…

— Tiens bon, hurla Rini en se précipitant vers lui.

Au même instant, un mur de rochers s'abattit sur eux et un épais nuage de poussière envahit l'intérieur du puits.

Dans le noir complet, Rini avait du mal à respirer.

— Gustavo ? Gustavo ?

Pas de réponse.

Le sol continuait à trembler, et devant lui s'élevait maintenant une barrière de rochers qui l'empêchait de remonter. Longtemps il s'obstina à appeler Gustavo avant de se rendre compte que l'ingénieur se trouvait sans doute enfoui sous les blocs de pierre.

— Gustavo, j'espère que tu peux m'entendre. Je vais chercher de l'aide. Je reviens le plus vite possible.

Rini était diplômé de l'École des Mines du Colorado, aux États-Unis, et il connaissait parfaitement le plan de la mine, une des principales ressources de sa famille, les Baldasseri, qui régnaient depuis plus de trois cents ans sur San Vitano. À présent, c'était lui qui dirigeait l'entreprise.

Il savait qu'un autre couloir accessible menait à un puits annexe. De là, il pourrait remonter jusqu'à une ouverture pratiquée dans le flanc de la montagne et, une fois libre, courir chercher de l'aide pour sauver Gustavo. Mais combien d'autres mineurs cet affreux cataclysme avait-il ensevelis ?

Les secousses continuaient, il sentait le sol se gonfler sous ses pas. Des rochers chutaient autour de lui tandis qu'il s'efforçait de suivre le tortueux labyrinthe qui menait au puits annexe et à l'ouverture qu'il imaginait déjà.

Il devait y arriver, se répéta-t-il en s'épongeant le front. La vie de Gustavo en dépendait.

Il avança de quelques pas, mais des blocs continuaient de se détacher des parois autour de lui. L'un d'eux le heurta à la tête, et une douleur résonna dans tout son corps.

— Luna ! gémit-il, désespéré.

Et puis, le noir complet.

Luna finissait de dresser la table pour Rini et elle.

Rini n'allait pas tarder à rentrer de la mine. Malgré son impatience, elle voulait que tout soit parfait pour l'accueillir. Après avoir mis sous enveloppe le résultat positif de son test de grossesse, elle le déposa dans son assiette.

Ils avaient toujours désiré fonder une famille, et aujourd'hui, elle allait lui annoncer cette merveilleuse nouvelle. Elle n'avait pas encore eu le temps de voir son gynécologue, mais elle prendrait rendez-vous dès le lendemain. Ce soir, elle voulait fêter l'événement seule avec son mari !

De délicieux effluves de porc rôti venaient de la cuisine de leur appartement privé. Elle s'y hâta pour sortir le plat du four.

Ce soir, en l'honneur de leur nouveau statut de futurs parents, elle ferait déguster à Rini un plat qu'elle aimait et auquel il n'avait encore jamais goûté, qui incluait des asperges et des pommes rôties. Née et élevée en Suisse, à Scuol, elle avait tenu à préparer à cette occasion une recette familiale transmise par sa grand-mère.

Alors qu'elle posait le plat sur le plan de travail, Viola, l'intendante, fit irruption dans la cuisine, le teint livide.

— Luna, il faudrait que vous veniez tout de suite au salon. Le roi et la reine vous y attendent.

Pour quelle raison les grands-parents de Rini étaient-ils là, à l'improviste, dans leur résidence privée ? Bien entendu, ils y étaient déjà venus quand Rini et elle les avaient invités à dîner. Pourquoi ne l'avaient-ils pas avertie cette fois-ci ?

Elle se précipita dans le salon, où elle découvrit Antonia et Leonardo, installés tous les deux sur un canapé. En voyant leurs visages dévastés, elle sentit le cœur lui manquer.

Elle se laissa tomber dans un fauteuil en face d'eux.

— Si vous êtes là, c'est qu'il se passe quelque chose de grave. De quoi s'agit-il ?

Leonardo se pencha vers elle.

— La mine a été touchée par un tremblement de terre.

Elle sentit le cœur lui remonter au bord des lèvres.

— Des mineurs ont été blessés ?

— Huit personnes sont tenues pour mortes.

Elle poussa un cri.

— C'est Rini qui vous l'a dit ?

Leonardo fit non de la tête tandis qu'Antonia lui prenait la main.

— Nous sommes bouleversés d'avoir à te l'annoncer, mais il… Il est mort lui aussi.

Mort ? Rini ?

— Non ! hurla Luna en se levant d'un bond. Ce n'est pas possible ! Je ne vous crois pas !

Antonia se mit debout et la prit par l'épaule.

— Nous non plus, nous ne voulions pas le croire. Mais après en avoir eu confirmation, nous sommes tout de suite venus te voir.

— Ce n'est pas possible ! répéta Luna en se tournant vers la grand-mère de son mari. C'est l'amour de ma vie ! Sans lui, je ne peux plus vivre, je n'ai plus aucune raison d'exister. Il y a sûrement eu une erreur.

Antonia secoua la tête, les joues baignées de larmes, et Leonardo se leva à son tour pour les serrer toutes les deux dans ses bras.

— Nous comprenons ce que tu ressens, ma chérie.

— Vous croyez vraiment qu'il a été tué ? demanda-t-elle en sanglotant.

— Il est descendu dans la mine avec sept employés. Aucun d'eux n'est remonté.

— Non ! Non ! C'est un cauchemar. Je vous en prie, dites-moi que c'est un cauchemar et que je vais me réveiller.

— Viens t'asseoir, murmura Leonardo.

Mais Luna était clouée sur place. Autour d'elle, tout semblait vaciller, et des papillons noirs voletaient autour d'elle.

— Appelle le médecin et dis-lui de venir.

La voix étouffée d'Antonia lui parvenait à peine. Dans ses oreilles, un sifflement se fit de plus en plus assourdissant. Puis tout s'obscurcit.

Quelques minutes plus tard, elle reprit connaissance. Allongée sur un canapé, elle entendit des chuchotements ; et le médecin du palais, le Dr Norelli, se pencha sur elle.

— Princesse, je suis désolé. Je vous demande de ne pas bouger pour que je puisse vous examiner, dit-il avant de l'ausculter. Vous avez l'air d'aller bien, mais vous venez de subir un terrible choc. Il faut vous reposer. Je vais vous administrer un sédatif pour vous aider durant les heures qui viennent.

Elle réussit à se redresser.

— Docteur, je suis enceinte. Je n'ai pas encore consulté mon gynécologue, mais je ne veux rien prendre qui puisse nuire à mon bébé.

Les grands-parents de Rini poussèrent un cri de surprise. Au même moment, Viola et son mari Mateo firent leur entrée dans la pièce.

— Aidez-moi à la transporter dans sa chambre, dit le médecin à Mateo.

Luna secoua la tête.

— Je peux très bien y aller moi-même.

— Calme-toi, ma chérie. Je vais passer la nuit avec toi, murmura Antonia.

— Et moi aussi, renchérit le roi.

— Non, Leo, répondit sa femme avec autorité. Toi, retourne

au palais royal au cas où tu recevrais d'autres nouvelles. Je reste en contact avec toi.

— Tu es sûre ? demanda le roi. Alors mon cœur reste avec vous, ajouta-t-il en embrassant Luna sur la joue, les yeux embués de larmes.

Le médecin posa une boîte de médicaments sur la table basse et s'inclina avant de se retirer lui aussi.

— Princesse, vous pouvez prendre ce sédatif, il est sans danger pour l'enfant. Je me permettrai de revenir vous revoir demain.

Antonia prit la boîte de médicaments et passa le bras autour de la taille de Luna. À pas lents, elles se dirigèrent vers l'escalier.

Luna se blottit contre la poitrine de la vieille dame.

— Merci de rester avec moi. Si je ne portais pas l'enfant de Rini, je préférerais mourir moi aussi.

Une fois dans la chambre, elle se prépara pour la nuit, aidée par Antonia. Après avoir avalé deux comprimés de somnifère, elle se mit au lit.

Antonia s'assit à son chevet et lui prit la main.

— Il n'y a pas de mots, n'est-ce pas ?

— Non, répondit Luna, mais votre présence m'aide beaucoup. J'ai aimé Rini dès que je l'ai vu. Un moment magique. C'est le grand amour de ma vie. Quand je pense qu'il est mort au fond d'une mine ! Ça a dû être terrible… Oh ! Tonia ! Je ne peux pas supporter cette idée…

Elle fondit en larmes, et Antonia la serra contre sa poitrine. Longtemps, elles restèrent blotties l'une contre l'autre.

— Je vais m'installer pour la nuit dans la chambre à côté, finit par chuchoter Antonia, et demain matin nous pourrons parler. Si tu as besoin de moi, appelle-moi sur mon téléphone. Et maintenant, j'espère que le somnifère va te permettre de dormir.

Elle l'embrassa sur le front avant de quitter la pièce.

Le lendemain matin, le réveil de Luna fut si douloureux qu'elle crut ne pas y survivre. Elle s'était tournée vers Rini avant de se rappeler soudain que son mari ne reviendrait plus jamais.

— Luna ?

Antonia entra dans la pièce, portant un plateau.

— Je t'ai apporté du café et des brioches. Il te faut manger un peu : tu n'as pas dîné hier soir.

Luna s'assit, le visage baigné de larmes.

— Il y a des nouvelles ?

— Leo m'a dit que les équipes de secours ont travaillé toute la nuit pour retrouver les corps, mais l'accès est complètement bloqué. Impossible d'atteindre le lieu de l'accident.

Luna posa les pieds par terre.

— C'est terrible, Antonia. Je n'ai pensé qu'à moi. Ni à vous ni aux familles des mineurs. Si Rini était là, il se serait précipité pour leur rendre visite et leur apporter un peu de réconfort. Moi qui suis sa femme, je dois le faire à sa place.

— Je suis certaine que les familles apprécieront ton geste, mais pas aujourd'hui. Tu dois d'abord te reposer.

— Je ne peux pas rester couchée ici, Antonia. Je vais m'habiller et t'accompagner au palais. Leonardo pourra m'aider à trouver les noms et les adresses des familles concernées et à planifier mes visites la semaine prochaine. Rini l'aurait voulu ainsi.

— Oui, il aurait été fier de toi que tu y aies pensé. Mais j'insiste, prends un petit déjeuner si tu veux ménager tes forces.

— Je vais le faire, mais j'ai honte de ne pas avoir pensé à Leo et à toi. C'était à moi de prendre soin de vous. Rini était votre petit-fils chéri. Après avoir perdu deux fils et un autre petit-fils, je ne sais pas comment vous faites pour résister. Vous êtes les personnes les plus fortes et les plus courageuses que j'aie jamais connues.

Elle se précipita vers la reine qui avait déposé son plateau et s'était assise à une table, et elle la serra dans ses bras.

Toutes deux fondirent en larmes.

— Si nous survivons, c'est grâce à notre foi et à notre amour. À toi aussi, cela te permettra de retrouver espoir.

— Je ferai tout ce que je pourrai pour me montrer digne de Rini.

— Il t'adorait. Il m'a dit qu'il était l'homme le plus heureux du monde avec toi.

— Vraiment, il a dit ça ? s'écria Luna en souriant à travers ses larmes. Oh ! Je ne peux pas croire qu'il ait disparu. Pourtant, il le faut bien.

Toutes les deux burent un peu de café en grignotant une des brioches de Viola.

— Je vais me doucher et m'habiller. Leonardo a sûrement besoin de nous, dit Luna.

Antonia acquiesça, se tamponnant les yeux avec son mouchoir.

— Il a annoncé la nouvelle à Vincenzo, le cousin dont Rini était si proche. C'est lui qui va désormais être prince héritier. Il était atterré.

Luna se dirigea vers la salle de bains et avala deux autres pilules avant de passer sous la douche, où elle s'attarda un peu.

Disparu… Son Rini chéri avait disparu. Ce séisme avait dévasté leurs vies…

12 juin

Le lendemain du drame, un article avait paru dans le journal local :

Le prince héritier Rinieri Francesco Baldasseri du San Vitano a été tué par un tremblement de terre de force 8,7 dans la mine Re Mida, près de la frontière slovène.

Il avait épousé il y a six mois la princesse Luna Biancho-Baldasseri, à qui les chefs d'État du monde entier ont transmis leurs condoléances, ainsi qu'au roi Leonardo et à la reine Antonia Baldasseri.

Cela faisait dix jours, maintenant. Depuis, Luna n'avait pas pris un instant de repos. Le matin, le secrétaire de Rini l'avait appelée du palais pour l'informer qu'un des mineurs disparus, Jaka Ravenikar, un Slovène, résidait en Slovénie, tout près de la mine, dans la ville de Rezana, à la frontière avec San Vitano. Sa famille était la seule qu'elle n'était pas encore allée voir au cours des derniers jours pour apporter des fleurs et l'assurance d'une aide financière.

Elle tenait à se rendre à Rezana pour lui rendre hommage au nom de tout le royaume. Elle avait projeté d'aller demander à Leonardo de l'aider à organiser cette visite : comme elle ne parlait pas le slovène, elle aurait besoin d'assistance.

Ensuite, une cérémonie commémorative pourrait être organisée au palais en l'honneur de Rini – même si elle ne réussissait toujours pas à accepter d'avoir perdu l'amour de sa vie et ne le pourrait jamais.

Cette cérémonie témoignerait de la réalité de sa mort, ce qui accroissait encore la douleur qu'elle ressentait.

Ses propres parents étaient décédés dans un accident d'avion quand elle avait cinq ans. Elle avait été élevée à Scuol, en Suisse, par ses adorables grands-parents. Puis son grand-père était mort le premier, et ensuite sa grand-mère. Elle avait eu beaucoup de mal à se remettre de cette perte, mais le temps passant, elle avait quitté Scuol pour partir étudier à l'université de Saint-Gall, en Suisse. Après avoir obtenu son diplôme, elle avait passé des entretiens dans diverses entreprises, dont la Baldasseri Gold Mining Company, à Asteria, capitale de San Vitano, un royaume de langue italienne, qui lui avait proposé un poste. Elle était bilingue italien/romanche, sa langue maternelle parlée par quatre-vingt mille personnes en Engadine, du sud de la Suisse. Cela lui avait paru une bonne solution, et elle avait apprécié l'excellente ambiance qui régnait dans l'entreprise.

Deux semaines après avoir été engagée, elle avait rencontré le prince Rinieri, petit-fils du roi et de la reine de San Vitano et héritier du trône, qui dirigeait l'exploitation de cette mine d'or. Dès leur première rencontre, elle était tombée follement amoureuse de lui. Ils s'étaient mariés très vite, et jusqu'à cette tragédie, ils avaient vécu parfaitement heureux.

Durant la semaine précédente, elle avait prié et espéré que par miracle on finisse par retrouver les corps, mais ils étaient trop profondément enfouis. Dans son esprit comme dans son cœur, Rini était toujours porté disparu, une part d'elle-même refusait de le considérer comme mort. Dans un rêve qu'elle avait fait, il lui était apparu, et cela lui avait semblé si réel qu'elle était incapable de l'oublier. À y repenser, elle fut de nouveau submergée par une vague de chagrin incontrôlable.

Elle passa sous la douche avant de se préparer et de coiffer ses cheveux coupés au carré. Avant la tragédie, elle les portait longs et dénoués sur les épaules, la coiffure préférée de Rini. Mais deux jours plus tôt, dans un accès de désespoir, elle avait pris des ciseaux et les avait coupés elle-même.

En se regardant dans un miroir, elle ne vit que le pâle fantôme de la femme qu'elle était naguère. L'angoisse et les nausées matinales lui avaient fait perdre du poids. Son gynécologue lui avait alors rappelé qu'elle était enceinte et qu'elle devait manger, et lui avait prescrit des médicaments pour l'aider. Elle savait qu'elle devait vivre, pour l'enfant de Rini et aussi pour elle.

Elle prit son téléphone et appela la reine pour l'avertir qu'elle était prête. L'amour et le soutien de la vieille dame lui avaient permis de survivre durant le cauchemar absolu des dix derniers jours.

— Luna ?

— *Buongiorno*, Tonia.

Dès que Rini l'avait présentée à sa grand-mère, huit mois plus tôt, elles s'étaient appelées par leurs prénoms.

— Excusez-moi de vous déranger, mais ça ne peut pas attendre.

— De quoi s'agit-il ?

— J'ai une faveur à demander à Leonardo, dit-elle avant d'expliquer la rencontre qu'elle avait envisagée pour honorer le mineur slovène. Comme nous avons rencontré toutes les familles de mineurs originaires de San Vitano, j'aimerais aller à Rezana pour connaître la famille de ce mineur étranger et lui apporter des fleurs. J'ignorais qu'un de ces hommes était un étranger.

— Moi aussi, Luna. Leo sera d'accord, évidemment. Venez quand vous voulez, et nous lui en parlerons toutes les deux.

— Merci beaucoup. C'est parfait, répondit Luna, soulagée. Je serai chez vous dans une demi-heure.

Après avoir raccroché, elle appela son chauffeur pour lui demander de l'attendre devant le *palazzo*. Puis elle passa rapidement un ensemble d'été à manches courtes, des sandales, et prit son sac à main.

— Viola ? appela-t-elle en descendant l'escalier pour rejoindre son intendante. Je vais jusqu'au palais. Je ne suis pas certaine de rentrer déjeuner, mais je vous tiendrai au courant.

Antonia l'attendait dans le hall du palais. Elles se dirigèrent vers le bureau de Leonardo.

— Leo ? demanda Antonia en entrant.

Il releva la tête du dossier qu'il consultait, le visage toujours marqué par le chagrin.

— Tonia ? Luna ?

— Luna est venue te demander une faveur.

— Bien sûr. Tout ce que tu voudras, ma chérie, dit-il en ouvrant grand les bras. Comment vas-tu ?

Luna se précipita vers lui.

— Comme vous, répondit-elle en s'essuyant les yeux.

— Alors, tu dois avoir beaucoup de chagrin. Nous n'étions pas préparés à cette perte.

— Non, et jamais je ne pourrai l'accepter. Rini était la

lumière de ma vie, comme de la vôtre, dit-elle en s'asseyant sur une causeuse à côté d'Antonia. Son secrétaire m'a appris qu'un des mineurs qui l'accompagnaient était slovène.

— C'est vrai, acquiesça-t-il.

— Je désirerais me rendre là-bas aujourd'hui si possible pour rendre visite à la famille de cet homme.

— Bénie sois-tu de me l'avoir proposé.

— Il y a autre chose, Leonardo. Comme je ne parle pas slovène, il faudrait qu'un traducteur m'accompagne.

— Tu connais Carlo, notre représentant à l'étranger. Il parle couramment une demi-douzaine de langues. Il va te rejoindre.

— Ce sera parfait, acquiesça-t-elle. Rini l'appréciait énormément, et moi aussi.

— Je vais lui demander de t'organiser un vol pour Rezana et de s'occuper des fleurs. Il te procurera aussi une voiture et des gardes à ton arrivée là-bas.

— Merci beaucoup. Le secrétaire de Rini m'a donné l'adresse et le numéro de téléphone de la famille de Jaka.

— Vous pourrez partir d'ici dans deux heures.

— Vous êtes merveilleux ! s'exclama-t-elle en se levant pour se jeter une fois de plus dans ses bras. Je vous aime tant !

— Nous aussi, nous t'aimons. Ton bébé et toi, vous êtes tout ce qui nous reste de notre cher Rini.

Elle sortit du bureau royal, suivie par Antonia qui la prit à part.

— Merci d'avoir pensé à ce voyage. Cela fait du bien à Leo d'agir de façon positive.

— À moi aussi. Je vais rentrer chez moi pour rassembler quelques affaires avant de rejoindre l'héliport.

Elle serra Antonia contre son cœur et quitta rapidement le palais.

Deux heures plus tard, en compagnie de Carlo Bruni, elle bouclait sa ceinture dans l'hélicoptère.

Rini admirait cet homme qui avait servi dans l'armée de

San Vitano et possédait d'indéniables qualités de dirigeant. Luna l'avait toujours apprécié, elle se sentait à l'aise avec lui tandis qu'ils décollaient pour Rezana, la ville slovène située à trois kilomètres de la mine.

C'est Rini qui avait donné à cette exploitation le nom de Re Mida, par allusion au roi Midas qui, dans la mythologie grecque, transformait en or tout ce qu'il touchait. Elle-même avait travaillé pour cette entreprise dont le siège se trouvait à Asteria, sur le territoire de San Vitano, mais jamais elle n'avait visité la mine. Selon son mari, le sous-sol montagneux était parcouru par un réseau de grottes tout proche de la frontière slovène. Rezana était l'un des nombreux villages perchés situés dans cette zone.

Durant la descente de l'hélicoptère, elle regarda par la fenêtre, le cœur serré, pensant à son mari englouti avec tous les autres sous un amas de rochers déclenché par le séisme. De peur de craquer, elle se mordit la main pendant l'atterrissage.

Des représentants du gouvernement accompagnés d'un chauffeur les accueillirent à l'aéroport et engagèrent tout de suite la conversation avec Carlo, qui traduisit : .

— Comme nous sommes les émissaires officiels du roi Leonardo, ils vont nous escorter jusqu'au domicile de Ravenikar.

— C'est très aimable à eux.

On lui ouvrit la portière de la voiture dans laquelle Carlo et elle prirent place. Un autre véhicule les suivait, et ils arrivèrent bientôt près d'une maison nichée dans un petit village pittoresque.

Un homme âgé les attendait sur le seuil.

— Je vous présente Anton Ravenikar, déclara Carlo.

Elle s'approcha pour serrer la main au père du mineur décédé

— Je m'appelle Luna Baldasseri, et je suis l'épouse de Rinieri Baldasseri qui était en train d'inspecter la mine quand le tremblement de terre s'est déclenché. Monsieur Ravenikar, je sais ce que vous endurez car je partage votre souffrance.

Quand Carlo eut traduit ses paroles, le vieil homme hocha la tête, les yeux pleins de larmes.

— Durant les recherches engagées par votre pays pour retrouver le corps de Jaka, finit-elle par demander, d'autres corps ont-ils été découverts ?

Carlo se tourna vers elle pour traduire la réponse à sa question.

— Non, mais il n'en est pas certain car il n'a pas participé aux recherches.

Luna ferma les yeux une seconde pour ravaler ses larmes.

— Demandez-lui s'il connaît quelqu'un qui y a participé.

Carlo traduisit, et Anton balbutia quelques mots.

— Qu'est-ce qu'il a dit ?

— Que nous devrions demander à Zigo, un policier qui était l'ami de Jaka et qui a pris part aux investigations. Lui, il pourra vous dire exactement comment elles se sont déroulées.

C'était un échec. Aucun élément nouveau.

— Merci beaucoup. Et soyez certain que votre deuil nous touche énormément.

Le vieil homme inclina la tête.

— Merci d'être venus. Pour nous, cela compte.

Il les invita à pénétrer dans la maison, où ils apprirent que Jaka était marié et qu'il vivait chez ses parents avec son frère et sa sœur, tous deux plus âgés que lui. Quand elle offrit les fleurs à sa veuve, tout le monde fondit en larmes. La famille avait l'air sincèrement touchée par leur visite et par la promesse d'une dotation financière.

— Si vous le désirez, lui murmura Carlo tandis qu'ils revenaient à leur voiture, nous pouvons aller au siège de la police locale pour parler à Zigo avant de rentrer. Qu'en pensez-vous ?

— Je crains qu'il n'ait rien de plus à nous dire, mais j'aimerais quand même le rencontrer.

Elle se sentait terriblement frustrée de ne rien avoir appris de plus. Or, son rêve lui avait semblé si réel…

— Allons-y.

2.

Luna et Carlo entrèrent au commissariat où ils furent reçus par deux officiers. Carlo leur demanda s'il était possible de s'entretenir avec Zigo.

Le plus jeune s'inclina, et tandis que Carlo faisait les présentations, elle sentit son cœur battre plus vite.

— Zigo ? Vous parlez italien ?

— *Cosi cosi.*

Comme ci, comme ça, c'était déjà mieux que pas du tout.

Elle le fixa droit dans les yeux.

— Vous avez participé aux recherches concernant Jaka Ravenikar ?

— *Si*. C'était mon ami.

Le pouls de Luna s'accéléra.

— Vous avez retrouvé des corps ?

— Non, aucun, répondit-il sans hésiter.

Luna laissa échapper un petit gémissement.

— Je cherche mon mari.

Carlo s'empressa de traduire.

— Il est mort, lui aussi ? s'enquit Zigo.

Elle sentit ses yeux s'emplir de larmes une fois de plus.

— Il n'est pas rentré chez nous. Peut-être a-t-il réussi à s'échapper.

Était-ce possible ?

— S'échapper ? répéta Zigo en fronçant les sourcils.

— Fuir, dit-elle en faisant un geste de la main pour mieux se faire comprendre.

De nouveau, Carlo traduisit.

— Ah, dit Zigo. Non. Je ne sais rien.

Le cœur en berne, elle demanda à aller se laver les mains avant de remonter dans l'hélicoptère. Zigo acquiesça et lui fit signe de l'accompagner.

Ils traversèrent le hall et accédèrent à l'arrière du bâtiment. En ressortant après s'être rafraîchie, elle découvrit le policier qui l'attendait dans le hall.

— *Grazie* d'avoir accepté de me parler.

Il acquiesça d'un signe.

Elle retrouva Carlo, et ils remontèrent dans la voiture qui devait les emmener à l'héliport.

Elle était en train de s'installer sur le siège arrière lorsqu'un cri retentit.

— *Principessa !*

En se retournant, elle aperçut Zigo qui se précipitait vers eux.

— Carlo, dit-elle, l'italien de Zigo est vraiment basique. Demandez-lui en slovène ce qu'il a à me dire.

Il s'ensuivit une longue conversation à laquelle elle ne comprit rien.

— Luna, lorsque vous avez dit au policier que vous espériez que votre mari avait pu s'échapper, cela lui a rappelé quelque chose.

— Que voulez-vous dire ?

— Le lendemain du tremblement de terre, un automobiliste a découvert un homme blessé et inconscient au bord de l'autoroute et il l'a ramené en ville. Puis il a appelé la police, qui a fait transporter cette personne à l'hôpital le plus proche. Jusqu'ici, personne n'a pu l'identifier.

Elle sentit le cœur lui manquer.

— Cet homme est encore ici ?

De nouveau des échanges entre Zigo et Carlo. Puis ce dernier se tourna vers elle.

— Autant qu'il le sache, il est toujours hospitalisé, mais

il parle une langue bizarre que ni Zigo lui-même ni l'officier ne comprend.

Une langue bizarre ? Ça ne ressemblait pas à Rini. Pourtant, cela pouvait se révéler important pour eux tous. Peut-être était-ce l'un des mineurs de San Vitano qui avait réussi à se dégager. Peut-être l'un d'entre ces hommes parlait-il une autre langue que l'italien.

— Zigo dit qu'ils cherchent à l'identifier car il n'a aucun papier sur lui. Quand vous avez dit à Zigo que vous étiez à la recherche de votre mari et que vous espériez qu'il avait réussi à s'échapper, cela lui a rappelé cette histoire...

— Et il s'est dit que ce pouvait être Rini ! s'écria-t-elle, ne pouvant s'empêcher de l'interrompre tant elle se sentait pleine d'espoir.

— Non, il ne s'est pas dit ça, d'autant que cet homme ne répond à aucune des langues que l'officier a tenté de lui parler. Luna, il ne faut pas vous bercer de faux espoirs.

— Je ne peux pourtant pas m'en empêcher.

— Je sais, répondit Carlo avec beaucoup de gentillesse.

Était-il possible que cet étranger soit son Rini ? se demanda-t-elle en se mordant la lèvre d'anxiété.

— Ce doit être un mineur de San Vitano. Ce serait merveilleux qu'il y en ait au moins un qui ait survécu. Demandez à Zigo s'il nous est possible de le voir.

Après s'être informé, celui-ci leur répondit qu'ils pouvaient se rendre immédiatement à l'hôpital et que l'équipe médicale était prévenue.

Carlo et Luna retournèrent alors à leur voiture. Zigo donna les instructions nécessaires au chauffeur, qui leur adressa un salut réglementaire mais non moins compatissant. Quelques minutes plus tard, dès qu'ils eurent franchi la porte de l'hôpital, une femme les accueillit dans le hall et les accompagna au deuxième étage avant de les introduire dans un bureau où elle leur demanda d'attendre.

Luna agrippa le bras de Carlo.

— Si c'est l'un des mineurs, il pourra nous dire ce qui s'est passé. Et peut-être même ce qui est arrivé à Rini, murmura-t-elle, les yeux pleins d'espoir. Je donnerais n'importe quoi pour savoir…

— Remercions le ciel, Luna, mais n'oubliez pas que personne ne comprend la langue que parle cet étranger.

— Je sais.

Peu de temps après, un homme en blouse blanche d'une soixantaine d'années les rejoignit. Il s'adressa d'abord en slovène à Carlo avant de se tourner vers Luna et de lui parler en italien :

— C'est un honneur de vous rencontrer, *principessa* Baldasseri. Je suis le Dr Miakar. Je sais que votre mari a disparu au moment du tremblement de terre. Si notre patient inconnu est le prince héritier de San Vitano, notre gouvernement fera tout ce qui est en son pouvoir pour vous aider et coopérer avec vous.

— Merci beaucoup.

— En ce moment, cet homme a reçu une sédation et il dort. J'ai dû opérer un de ses bras qui souffrait d'une grave infection. Comme il était très agité, je lui ai prescrit un calmant. Il devrait se réveiller dans un petit quart d'heure. Venez avec moi pour voir si vous pouvez l'identifier.

Le cœur battant, Luna et Carlo le suivirent dans une salle de soins dont il ouvrit la porte.

Quand Luna aperçut l'étranger, elle eut un coup au cœur.

Un homme brun d'un peu moins de trente ans, vêtu de la tenue verte et des chaussons de l'hôpital, dormait sur un brancard, la tête tournée du côté opposé, une perfusion au bras.

Elle fit le tour du lit pour le voir de face, et ses jambes vacillèrent.

— Rini…

Carlo la prit par le coude pour la soutenir.

— C'est bien Son Altesse Royale le prince Rinieri, dit-il

d'une voix tremblante. Luna, vous avez été bien inspirée de venir à Rezana.

— Rini, mon chéri…

Elle n'arrivait pas à y croire. Il était donc vivant, comme dans son rêve !

— Il n'est pas mort. Dieu a entendu mes prières, dit-elle, rayonnante de joie.

Jamais elle ne l'avait vu avec une barbe de dix jours, ni les cheveux en bataille. Il était d'une pâleur fantomatique et avait dû perdre beaucoup de poids. Auparavant, son mari était un athlète, un mètre quatre-vingt-dix, quatre-vingt-dix kilos… Mais quelle importance, puisqu'elle l'avait enfin retrouvé ! Elle allait pouvoir s'occuper de lui et le soigner jusqu'à ce qu'il soit parfaitement guéri et qu'il ait retrouvé sa forme antérieure.

Elle se pencha sur lui pour l'embrasser, mais le médecin l'en dissuada d'un geste.

— Il a besoin de dormir. Cela nous donnera le temps de bavarder sans risquer de le réveiller.

Cela la tuait de devoir le quitter alors qu'elle venait juste de le retrouver, mais elle obéit, et ils revinrent tous les trois ensemble jusqu'au bureau du médecin.

— Donc, notre rescapé est réellement le prince héritier de San Vitano.

— Oui ! s'écria-t-elle, émue aux larmes, en tirant son portefeuille de son sac.

Elle en sortit une photo pour prouver au médecin qu'elle disait vrai.

Il l'étudia un instant avant d'acquiescer d'un signe.

— Je vais informer l'équipe soignante et la police. Maintenant que nous connaissons son identité, nous allons vous le rendre. Mais auparavant j'ai besoin de quelques renseignements supplémentaires.

— Bien sûr. Je vous en prie.

— En l'examinant, j'ai découvert que, en plus d'une plaie

profonde au bras, il souffrait d'une commotion due à un choc à l'arrière de la tête. Il a également perdu beaucoup de sang, et, malgré les transfusions, il n'en est pas encore tout à fait remis. Notre petit hôpital n'a pas l'équipement nécessaire pour poser un diagnostic plus approfondi. Quand il sera de retour chez vous, il lui faudra beaucoup de soins, et il devra immédiatement consulter un neurologue. Pour le ramener à San Vitano, il vous sera nécessaire d'organiser une évacuation sanitaire en hélicoptère.

— Je comprends, et je tiens à vous remercier des soins que vous lui avez prodigués ici. Je ne trouve pas de mots pour vous témoigner ma reconnaissance. Je vais tout de suite appeler le roi et la reine pour leur annoncer que Rini est en vie, ajouta-t-elle en se tournant vers Carlo. Leonardo nous enverra immédiatement un hélicoptère ambulance.

Elle prit son téléphone pour appeler les grands-parents de Rini, qui restèrent muets de joie en apprenant la nouvelle, avant de fondre brusquement en larmes.

— Je vous donnerai tous les détails un peu plus tard, mais pour le moment nous sommes à l'hôpital, Carlo et moi, avec le médecin qui s'occupe de Rini. Il a une plaie profonde au bras. Elle s'était infectée, et il est sous antibiotique.

Elle entendit Antonia pousser un cri.

— Pouvez-vous nous envoyer un hélicoptère sanitaire pour le transporter et un neurochirurgien ? Combien de temps cela prendra-t-il ?

— Dans l'heure qui vient, l'appareil et le médecin seront sur place, promit Leonardo. Ma petite Luna, c'est grâce à toi que ce miracle s'est produit. Tu ne peux pas savoir à quel point nous t'en sommes reconnaissants !

— C'est un jour merveilleux, pour vous et pour moi. Notre Rini sera bientôt de retour parmi nous.

— Quel bonheur ! Prends bien soin de toi, ma chérie. Tout sera prêt pour vous accueillir à l'hôpital.

Elle raccrocha avant d'avertir le médecin.

— Puis-je rester un peu assise à côté de mon mari en attendant l'arrivée de l'hélicoptère ?

— Je n'y vois pas d'inconvénient, mais rappelez-vous qu'il est extrêmement nerveux et qu'il ne comprend personne. Il est impossible de communiquer avec lui. De retour chez vous, il vous faudra programmer un suivi médical pour veiller à ses besoins essentiels.

— Merci d'avoir si bien pris soin de lui, docteur Miakar. Je m'assurerai personnellement que vous et votre hôpital soyez récompensés comme vous le méritez pour tout ce que vous avez fait.

— C'est un honneur pour nous.

— Nous allons rester un petit moment ici, intervint Carlo. Je vais demander au chauffeur de me ramener à l'hélicoptère. Puis je reviendrai, et nous attendrons ensemble l'appareil médical qui doit atterrir à l'hôpital.

— Carlo, vous êtes un trésor. Sans vous, je n'aurais rien pu faire.

Dès qu'il fut parti, elle se tourna vers le médecin.

— Puis-je retourner auprès de mon mari maintenant ?

Elle n'avait plus qu'une idée en tête, revoir Rini. Elle se sentait défaillir de bonheur.

Il lui fit signe de le suivre.

Rini n'avait pas du tout bougé. Une fois assise à son chevet, elle parcourut passionnément son visage et son corps.

Dès qu'elle l'avait rencontré, elle s'était dit que ce prince, grand, brun et athlétique, était l'homme le plus séduisant du monde.

— Rini…, murmura-t-elle dans un sanglot, en mesurant combien il lui avait manqué depuis le tremblement de terre.

Pourquoi ne pouvait-il ni parler ni comprendre aucune langue ? On lui avait dit que la seule qu'il parlait était inconnue. C'était incompréhensible.

Elle fit le tour du lit pour voir le sommet de son crâne. Le docteur avait dit qu'il avait reçu un choc, mais ses cheveux noirs étaient si épais qu'elle n'en décelait aucune trace. Il avait dû traverser des moments horribles.

Son bras était relié à une perfusion, et une infirmière était en train de vérifier ses constantes vitales. Au bout d'un moment, il parut reprendre conscience, car il bougea une jambe et tourna la tête.

Elle passa alors de l'autre côté du lit pour qu'il puisse la voir. Sans savoir pourquoi, elle murmura :

— *Jeu carezel tei, Rini,* ce qui signifiait « Je t'aime » en romanche, sa langue maternelle à elle.

Soudain, les yeux gris transparents de son mari s'ouvrirent, ses yeux qu'elle avait cru ne plus jamais revoir, et la fixèrent sans paraître l'identifier.

Sans doute un effet de la sédation qu'il avait subie.

— *Ti discurras rumantch ?* articula-t-il.

Elle sentit son cœur bondir dans sa poitrine.

Il avait compris sa déclaration d'amour ! Et il lui demandait si elle parlait romanche, cet étrange langage que personne ne comprenait.

— *Gea.* Oui, oui !

— Pourquoi personne d'autre ne me comprend ? Ça me rendait fou. Où suis-je ? Mais toi, tu me comprends. Pourquoi ? On se connaît ?

Cette ultime question la bouleversa. Qu'est-il arrivé à son mari pour qu'il ne la reconnaisse pas ?

— On se connaît très bien, répondit-elle d'une voix tremblante. Tu t'appelles Rini, et je suis Luna, ta femme.

Une expression incroyable passa dans son regard plein d'intelligence.

— C'est impossible. Je n'ai jamais été marié.

L'horreur.

Pas de panique, son mari était encore sous l'effet de la sédation.

— Dieu merci, tu es vivant, et je t'ai retrouvé ! Tu es à

l'hôpital de Rezana en Slovénie. Je vais te ramener chez nous. Un hélicoptère va venir nous chercher…

À ce moment, Carlo apparut sur le seuil et lui fit signe de venir le rejoindre dans le hall.

— Il faut que je te laisse quelques minutes, chuchota-t-elle à Rini.

— Non ! Ne pars pas ! Tu es la seule à me comprendre.

Il semblait complètement paniqué, et elle en eut le cœur brisé de le voir si désorienté,

— Je te promets de revenir très vite. Fais-moi confiance.

Faire confiance à cette Luna, cette étrangère qui prétendait être sa femme ?

Impossible ! S'il avait été marié avec cette jolie blonde, jamais il n'aurait pu l'oublier. Pas de doute, il devait rêver. Sans doute l'effet des anesthésiques qui provoquaient chez lui des hallucinations. Et d'abord, que faisait-il en Slovénie ? Jusqu'à ce qu'il entende cette voix lui dire qu'elle l'aimait, depuis qu'il s'était réveillé dans cet hôpital, il n'avait rien compris de ce qu'on lui disait.

Il ignorait qui était réellement cette femme, mais il fallait bien qu'il lui fasse confiance puisqu'elle semblait être le seul fil qui le rattachait au monde extérieur, sa seule possibilité de sortir de là.

Une infirmière revint vérifier ses constantes vitales, puis il attendit impatiemment le retour de la seule personne à qui il avait pu parler, puis qui l'avait quitté.

À attendre ainsi qu'elle revienne, il se sentait devenir fou.

Et si elle ne revenait pas ?

Une sueur glacée glissa le long de son échine.

En vérifiant sa tension, l'infirmière parut soudain inquiète et quitta la pièce, après avoir évalué son rythme cardiaque.

Combien de temps encore allait-il devoir rester dans cette incertitude ?

Il était sur le point d'arracher la perfusion pour quitter son lit et tenter de retrouver Luna quand surgit un homme d'une cinquantaine d'années.

— Rini !

D'après Luna, c'était bien son nom.

L'homme lui sourit en se tapotant la poitrine.

— Je suis le Dr Romano. Vous vous souvenez ?

Romano ? Ce nom ne lui disait rien.

L'homme se mit à lui tâter le crâne. Ses gestes étaient très doux, mais depuis qu'il s'était réveillé, il avait le sommet de la tête sensible, et même cet examen très superficiel lui faisait mal. Que lui était-il donc arrivé ?

Le Dr Romano lui adressa un petit signe de tête avant de quitter la pièce. Et maintenant ? Allait-il encore devoir attendre indéfiniment ?

Quelques minutes plus tard, deux aides-soignants se présentèrent, lui enlevèrent sa perfusion et le roulèrent dans le couloir jusqu'à un ascenseur. Une fois au rez-de-chaussée, ils le firent sortir, et il aperçut alors un hélicoptère qui attendait.

Où était donc passée Luna ? Où l'emmenait-on ?

Il tenta de se lever, mais les aides-soignants l'en empêchèrent.

Debout dans le bureau du Dr Miakar avec Carlo, Luna attendait impatiemment que le médecin les informe de la suite des événements.

Un quinquagénaire entra dans la pièce et les salua.

— *Principessa* Baldasseri ? Je suis le Dr Piero Romano de l'hôpital du Sacré-Cœur de San Vitano, dit-il en italien.

— Quel soulagement de vous voir ! répondit-elle. Vous devez être le neurochirurgien envoyé par le roi Leonardo. Merci d'être venu si vite alors que vous êtes très occupé.

— C'est un honneur pour moi d'avoir été appelé au chevet de votre mari. Je tiens simplement à vous dire que l'annonce de la mort du prince héritier avait bouleversé San Vitano. Et je n'ai pas besoin de vous décrire la joie du roi et de la reine quand ils ont su que leur petit-fils était en vie et qu'il allait rentrer. Tout le pays va fêter l'heureuse nouvelle, mais nul ne peut être plus heureux que vous.

— C'est vrai. Personne ne peut imaginer à quel point je suis heureuse aujourd'hui, dit-elle en fondant en larmes.

— J'ai pu examiner votre mari.

— Vous l'avez vu ?

— Oui, et nous allons prendre soin de lui. Mais avant que nous ne montions dans l'hélicoptère, je dois vous dire un certain nombre de choses. J'ai pu parler rapidement au Dr Miakar et examiner les effets du confinement et du choc sur votre mari. Nous en saurons davantage quand il aura subi un scanner, mais une chose est claire : il souffre d'amnésie.

— D'amnésie…

Elle le regarda sans comprendre. Était-ce pour cette raison qu'il ne comprenait plus rien ?

— J'ai besoin d'informations. Quelles langues parlait-il, *Principessa* ?

D'un revers de main, elle essuya ses yeux humides.

— Appelez-moi Luna, je vous en prie.

— Si vous m'y autorisez.

— Mon mari parle italien, allemand, slovène, anglais et romanche.

— Romanche ?

— Oui, c'est ma langue maternelle, et de son côté, Rini l'a apprise dans son enfance lors d'un séjour chez un cousin au second degré, en Suisse. Tout à l'heure, quand je l'ai revu, je lui ai dit en romanche que je l'aimais. En découvrant que je comprenais la seule langue qu'il parle encore, il a tout de suite ouvert les yeux.

— Très bien. Cela va vous permettre de l'aider.

— Mais n'aurait-il pas déjà dû recouvrer la mémoire depuis le tremblement de terre ? Elle devrait lui revenir très vite maintenant, n'est-ce pas ?

— Pas obligatoirement.

Le cœur de Luna se serra. Depuis que le médecin lui avait révélé son diagnostic, elle commençait à comprendre pourquoi Rini lui avait posé tant de questions.

— Docteur Romano, vous ne pensez quand même pas qu'il ne retrouvera pas… Qu'il risque de ne plus jamais me reconnaître, ni moi, ni tout ce qui lui était familier auparavant ? continua-t-elle d'une voix tremblante.

— On ne peut pas savoir. On connaît le cas d'un homme, au Canada, qui a complètement oublié qui il était après avoir reçu un coup sur la tête. Cela s'appelle une fugue dissociative, et c'est assez rare. Des années plus tard, il a soudain recouvré tous les souvenirs qu'il avait perdus.

Des années…

— Peut-être la mémoire de votre mari va-t-elle lui revenir vite, une fois qu'il aura été transporté dans son environnement familier. Mais si ce n'est pas le cas, il faut que vous connaissiez son problème et que vous vous prépariez à ce qu'il ne vous reconnaisse pas tout de suite. Pour le moment, il faudra l'aider à progresser pas à pas.

Elle ne put retenir un gémissement.

Se pouvait-il que Rini ne la reconnaisse plus jamais ? Qu'elle reste définitivement pour lui une étrangère ?

Un frisson lui parcourut le corps.

— Dès que nous arriverons à l'hôpital, il sera transféré dans la chambre réservée à la famille royale, où nous ferons le maximum pour lui. À ce que nous savons, il peut récupérer à condition qu'on le laisse progresser à son rythme.

— Que voulez-vous dire par là ?

— Il a perdu la mémoire et ne sait donc pas ce qui lui est arrivé. De plus, son incapacité à communiquer a dû provoquer en lui une profonde angoisse. Le Dr Miakar nous a très bien décrit cet état. Votre mari était un homme athlétique et en parfaite santé, et il est donc très important qu'il reste aussi calme que possible pour que nous puissions travailler avec lui. Même s'il n'y a rien d'étonnant à ce qu'il soit agité.

Rini, agité ? Cela ne ressemblait pas à l'homme qu'elle avait connu. Mais jamais elle n'avait envisagé qu'il puisse devenir amnésique. Cela devait le terrifier de ne rien reconnaître, ni personne, elle le comprenait à présent.

— Exactement, répondit le médecin d'un air compatissant.

Elle sentit tout son corps se mettre à trembler.

— J'ai peur, docteur.

— C'est tout à fait normal, mais je suis là pour vous assister, votre mari et vous, dit le neurologue avec compassion. Avec l'aide du Dr Tullia, un éminent neuropsychiatre à qui j'ai demandé de se pencher sur son cas, vous allez réussir à gérer cette situation à laquelle nul ne pouvait s'attendre. Et maintenant, si vous êtes prête, montons dans l'hélicoptère.

L'équipe médicale les aida tous trois à s'installer sur un des côtés de l'appareil. Le cœur de Luna se mit à battre plus fort quand Rini fut introduit à l'intérieur au moyen d'un lève-personne.

— Luna ! s'écria-t-il en la voyant. Je croyais que tu étais partie.

— Oh ! Rini, Rini ! Je te promets de ne plus te quitter, dit-elle en romanche.

— Où étais-tu ? demanda-t-il en la fixant d'un regard plein de panique.

— Je parlais avec les médecins. Et maintenant, nous allons rentrer chez nous. Essaie de te détendre. Le vol ne durera qu'une demi-heure.

Elle remarqua que son mari portait encore les vêtements verts fournis par l'hôpital. Où étaient donc les siens, ainsi que son alliance et sa montre ?

Après le décollage, Rini tourna la tête vers elle.

— Comment nous sommes-nous rencontrés ?

— C'est une longue histoire. Je suis née à Scuol, en Suisse, où l'on parle à la fois italien et romanche. Comme ton cousin au second degré, Vincenzo, vit à Scuol, tu as appris cette langue avec lui. De mon côté, j'ai été engagée dans votre entreprise, et dès que nous avons été présentés et que tu as su que j'étais née à Scuol, nous avons tout de suite communiqué en romanche. Nous le parlions souvent entre nous quand nous ne voulions pas que quelqu'un d'autre comprenne.

Pour eux, c'était la langue de l'amour. En fait, leur coup de foudre avait été immédiat… Mais ce n'était pas le moment d'en parler.

Ils ne tardèrent pas à arriver en vue de l'hôpital du Sacré-Cœur à Asteria et atterrirent sur le toit où les attendait une équipe médicale.

— Nous sommes arrivés, Rini.

— Où ?

— À l'hôpital de ta ville natale, où l'on va s'occuper de toi et te soigner.

Le visage de son mari se crispa.

— Je ne veux pas rester encore à l'hôpital.

— Tu n'y resteras pas longtemps, mais tu souffres d'une grave infection qui nécessite des soins.

— Et toi, où seras-tu ?

— À côté de toi. Mais d'abord, c'est le Dr Romano qui va t'emmener. Je vous rejoins dans une minute.

— Tu le jures ?

Cette question lui brisa le cœur. Elle était effrayée de le sentir aussi angoissé.

Oh ! Rini ! Mon chéri !

— Je te le jure.

Le médecin sortit le premier de l'hélicoptère pour accompagner Rini, qui fut transporté dans la chambre royale au dernier étage de l'hôpital.

En découvrant le grand nombre d'agents de sécurité, Luna comprit que le roi et la reine les y attendaient déjà.

En émergeant de l'ascenseur avec Carlo, elle entendit

Antonia crier son nom et se précipita vers elle. La vieille dame la serra dans ses bras, et toutes deux fondirent en larmes.

— Où est Leonardo ? s'enquit Luna.

— Il s'entretient avec le Dr Romano pendant qu'un autre médecin installe Rini dans sa chambre et s'occupe de sa blessure au bras. Ils vont planifier une série d'examens et faire également appel à un nutritionniste pour qu'il reprenne des forces. En le voyant, j'ai à peine reconnu mon petit-fils, tellement il a maigri, et aussi à cause de sa barbe.

— Je sais. J'ai subi le même choc. Mais avant tout, il faut que vous sachiez une chose d'importance vitale.

Elles entrèrent dans la chambre où les attendaient le Dr Romano et le roi.

Le grand-père de Rini pleurait, et ce n'était pas de joie cette fois. Luna se tourna vers le médecin.

— Pourriez-vous informer la grand-mère de Rini de votre diagnostic ?

— De quoi s'agit-il ? s'enquit la vieille dame.

En quelques minutes, le médecin lui expliqua que Rini souffrait d'amnésie et qu'ils devaient tous prendre soin de lui en dissimulant leur inquiétude.

Luna était de tout cœur avec les grands-parents, mais elle savait aussi que Rini l'attendait avec impatience. Et lui, il ne pouvait communiquer avec personne d'autre qu'elle.

— Puis-je aller retrouver mon mari maintenant ? demanda-t-elle au médecin.

— Allez-y, acquiesça-t-il. Nous vous rejoindrons dans quelques minutes.

Après avoir serré Leonardo contre son cœur, elle se précipita vers la chambre de son mari.

En la voyant entrer, Rini, qui était allongé sur le lit, se redressa.

— Où se trouve cet hôpital ? s'enquit-il.

— C'est l'hôpital du Sacré-Cœur d'Asteria, à San Vitano.

— San Vitano ?

— Le royaume où tu es né et où tu as toujours vécu, à la frontière entre la Suisse et l'Italie.

Rien de tout cela ne paraissait faire sens pour Rini. Il semblait si désorienté qu'elle faillit éclater en sanglots.

Non, pas devant lui !

— Où est le médecin qui m'a opéré le bras ?

— À l'hôpital de Rezana, en Slovénie, où l'on a soigné ta blessure et où l'on t'a administré des antibiotiques.

— Combien de temps vais-je devoir rester hospitalisé ici ?

Ils s'engageaient sur un terrain dangereux. Elle ne savait pas trop jusqu'où elle devait aller dans ses révélations. C'était un territoire inexploré. Elle avait beau être folle de joie d'avoir retrouvé son mari, elle se sentait très nerveuse.

— Attends-moi une minute, je vais chercher le médecin, il pourra répondre à toutes tes questions.

— Non !

— Rini, je te promets de revenir tout de suite.

Elle quitta la chambre et aperçut le médecin, en grande conversation avec les grands-parents de Rini. Elle devina à quel point ils étaient impatients de voir leur petit-fils.

— Docteur Romano ? Rini a beaucoup de questions à vous poser, et moi aussi. Je ne comprends toujours pas pourquoi il a oublié toutes les langues qu'il parlait sauf le romanche.

— Je ne peux pas vous expliquer comment fonctionne l'amnésie, répondit le médecin, mais ce qui s'est passé est un miracle, pour vous comme pour lui. Le fait que vous puissiez échanger avec lui en romanche va accélérer sa convalescence. Il faudra donc que vous vous teniez en permanence à sa disposition pour lui servir d'interprète.

— Je suis son épouse, et rien ne pourrait me faire davantage plaisir, répondit-elle en souriant. Mais pour l'instant, il me posait tant de questions que ça m'inquiète. Car je ne sais pas exactement ce que je dois lui répondre.

— Je comprends, et je vais en discuter avec lui, dit-il

avant de se tourner vers les grands-parents. Dans quelques minutes, vous pourrez entrer.

— Nous allons attendre votre signal.

— Je ne serai pas long. Et maintenant, je vaisexaminer notre patient.

Un peu soulagée, Luna le suivit.

3.

Rini était toujours assis sur son lit, mais il avait l'air plus en forme malgré ce qui lui était arrivé.

Luna eut du mal à dissimuler sa joie.

— Je t'avais dit que je serais bientôt de retour, Rini. C'est moi qui ferai office de traductrice entre le Dr Romano et toi.

Le médecin s'approcha de lui.

— Je sais que vous avez beaucoup de questions à me poser, et j'essaierai d'y répondre. D'abord, si vous vous êtes retrouvé à l'hôpital de Rezana, c'est parce que, il y a dix jours, alors que vous étiez descendu dans la mine Re Mida dont vous êtes le directeur, un tremblement de terre a frappé cette région située à la frontière de l'Italie et de la Slovénie. Vous avez subi une commotion cérébrale, sans doute à la suite de la chute d'un bloc de pierre. Par miracle, vous avez réussi à vous échapper, mais le choc que vous avez reçu sur la tête fait que votre cerveau a oublié un certain nombre d'informations.

— En d'autres termes, je souffre d'amnésie.

En reconnaissant le ton ironique si caractéristique de son mari, Luna ne put s'empêcher de sourire.

Le médecin se tourna vers elle.

— Les facultés intellectuelles de votre mari n'ont pas été affectées par cet accident ! Donc, vous avez vingt-neuf ans, et vous vous appelez Rinieri Baldasseri.

— Mais tout le monde t'appelle Rini, intervint Luna.

— *Co haveis vus num* ? demanda ce dernier en cherchant son regard.

Luna respira à fond.

— Moi, je m'appelle Luna Biancho-Baldasseri, répondit-elle en tirant de son portefeuille quelques photos d'elle avec lui.

Après les avoir examinées, il lui en rendit trois et garda celle où on les voyait s'embrasser, qu'il posa sur sa table de nuit.

— Quel âge as-tu, Luna ?

— Vingt-six ans.

— Nous avons des enfants ?

— Pas encore, répondit-elle, sans oser lui révéler qu'ils attendaient un bébé.

— Cela faisait six mois jour pour jour que nous étions mariés, poursuivit-elle, quand tu es parti inspecter la mine d'or Re Mida qui appartient à la famille Baldasseri. C'est là que tu t'es retrouvé pris dans ce tremblement de terre.

— Pourquoi suis-je allé inspecter cette mine ?

— Parce que tu es ingénieur des Mines, diplômé de l'École des Mines du Colorado, aux États-Unis. Tu es le directeur de cette mine d'or qui appartient depuis trois cents ans à ta famille et qui constitue un des piliers de la prospérité de votre pays. Tes grands-parents qui t'adorent sont dans le couloir, et ils ont terriblement hâte de te voir.

— Et mes parents ?

— Ils sont décédés il y a quatre ans.

— Et les autres membres de ma famille ?

— Tu avais un frère, Paolo, qui avait un an de plus que toi, mais alors que tu avais neuf ans et lui dix et que vous couriez après votre chien dans la rue, un autobus est arrivé et a tué accidentellement Paolo et le chien.

Comme Rini ne répondait pas, elle ajouta :

— Tu as aussi des cousins, et parmi eux Vincenzo, avec qui tu t'entends très bien. Il a un an de moins que toi, et il vient de se fiancer.

Elle se tourna vers le médecin, craignant d'en avoir trop dit.

— Je lui ai dit que ses grands-parents avaient hâte de le voir. Qu'en pensez-vous ?

— Pourquoi ne lui demandez-vous pas s'il désire les voir ? Mais souvenez-vous qu'ils vont lui poser des tas de questions. Alors, s'il trouve que c'est trop, cela peut attendre demain.

Une fois de plus, elle se concentra sur Rini.

— Veux-tu te reposer maintenant et voir tes grands-parents à un autre moment ?

— Non. Après être resté si longtemps dans cet état de confusion, j'ai hâte de tout apprendre le plus vite possible.

Cela ressemblait bien à son mari, si dynamique.

— Je vais leur dire d'entrer.

Elle se précipita vers la porte pour leur faire signe.

— Il sait que vous êtes ses grands-parents, mais il ne va pas vous reconnaître. Et je vais devoir servir d'interprète.

Les yeux brillants de larmes, ils s'approchèrent du lit de Rini.

— Je t'ai cru mort, dit Antonia en fondant en larmes.

Leonardo s'éclaircit la gorge :

— Grâce à Dieu, tu es vivant et de retour chez toi, au sein de ta famille.

Rini les examina tous les deux avec attention.

— Durant tous ces longs jours où j'étais hospitalisé, je me suis souvent demandé d'où je venais et si j'avais une famille.

— Nous désirons que tu récupères le plus rapidement possible, et nous ferons tout notre possible pour t'aider. Le médecin veut que tu restes à l'hôpital jusqu'à ce que les examens soient terminés et que tu te sentes assez en forme pour rentrer chez toi.

La voix de Leonardo exprimait tant d'amour que Luna en fut touchée jusqu'au fond du cœur.

— *Engraziel,* répondit Leonardo – c'est-à-dire merci en romanche – lorsqu'elle eut terminé de traduire.

Sous la barbe, elle reconnaissait le beau visage de son mari chéri. Malgré sa perte de poids et sa blouse verte d'hôpital, c'était bien son corps magnifique, sa voix profonde, sa bouche sensuelle… Pourtant, l'homme qu'ils aimaient tous n'était pas vraiment là.

Elle croisa le regard apitoyé du Dr Romano.

Il avait fait de son mieux pour l'avertir des difficultés de la situation.

Elle se tourna alors vers son mari qui paraissait épuisé.

— Nous allons te laisser pour que l'équipe médicale puisse te prodiguer ses soins.

— Reste avec moi, s'écria-t-il avec une force qui trahissait l'intensité de son angoisse.

Elle aurait aimé se jeter dans ses bras.

— Je vais seulement raccompagner tes grands-parents, et je reviens immédiatement.

— Luna, dit la grand-mère en la prenant à part dès qu'ils furent tous les trois dans le hall, nous allons rentrer au palais et te laisser avec Rini. Ce qui lui arrive est une véritable tragédie, et il a besoin de toi pour communiquer. Leo et moi, nous allons appeler la famille pour leur donner des nouvelles. Vincenzo voudra certainement venir pour t'aider à servir d'interprète.

Luna hocha la tête.

Cela ferait sûrement du bien à Rini d'avoir quelqu'un d'autre à qui parler. Peut-être même reconnaîtrait-il Vincenzo ?

— Vous pouvez compter sur moi, et nous aurons très vite une longue conversation, dit-elle en embrassant Leonardo.

— Tiens-nous au courant, déclara Antonia en la serrant à son tour dans ses bras.

Tandis que le médecin raccompagnait le couple royal jusqu'à l'ascenseur, Luna revint à la chambre de Rini et s'assit à son chevet. Elle aurait préféré se glisser avec lui sous le drap, même s'il ne la reconnaissait pas.

— Tu dois te sentir comme un bébé qui vient de naître et qui se demande qui sont tous ces gens qui se penchent sur son berceau.

Elle aurait aimé qu'il sourie, mais il n'en fit rien. Durant leur mariage, ils avaient souvent ri ensemble de bon cœur, mais cela semblait à présent bien loin.

— Comment as-tu appris que j'avais été transporté à l'hôpital de Rezana ? demanda-t-il.

— Je ne le savais pas, dit-elle en se penchant vers lui. Après le tremblement de terre, sept mineurs ont été portés disparus à part toi. L'un d'entre eux était un Slovène, car la compagnie minière Baldasseri, que tu diriges, est située à la frontière avec la Slovénie. Tu y étais allé pour inspecter la mine et mettre en place de nouvelles mesures de sécurité.

— Rien de tout cela ne fait sens pour moi.

— Je sais, répondit-elle en s'imposant un immense effort pour ne pas s'effondrer. C'est horrible, mais nous pensions que tu t'étais retrouvé coincé dans une galerie avec les autres. J'ai alors décidé de parler personnellement à toutes les familles qui avaient perdu un fils dans ce cataclysme, et en dernier lieu à celle de ce mineur slovène. La semaine prochaine, nous devions te rendre hommage lors d'une cérémonie familiale, Rini, mais j'appréhendais ce moment. Je voulais être certaine que tu n'étais pas encore vivant quelque part. Une nuit, j'ai rêvé que tu revenais auprès de moi, et ça m'a donné de l'espoir.

— Pout tout t'avouer, aujourd'hui encore je me dis que j'aurais préféré ne pas me réveiller de mon anesthésie à l'hôpital de Rezana.

Elle tressaillit sous le choc.

— Tu regrettes d'avoir survécu ?

— J'essaie de faire face.

Elle baissa les yeux, piquée au vif.

— Il y a tant de personnes qui t'aiment et qui sont super heureux de te voir vivant. Tes grands-parents qui t'adorent sont impatients de pouvoir avoir une vraie conversation avec toi dès que ce sera possible…

Rini ne répondit pas.

— J'ai rencontré Zigo, le policier qui t'a fait transporter à l'hôpital. C'est grâce à lui que j'ai pu arriver jusqu'à toi, reprit-elle d'une voix tremblante. Lorsque je t'ai découvert endormi dans cette chambre, à Rezana, j'ai failli m'évanouir.

Tu avais dû beaucoup souffrir de ta blessure au bras et du choc que tu as reçu à la tête. Est-ce encore le cas ?

— Non. On me donne des antalgiques.

— Luna ?

Elle leva la tête et vit le Dr Romano entrer dans la pièce.

— Puisque votre mari a l'air bien réveillé, j'aimerais lui parler une minute avant qu'on lui apporte son dîner. Pouvez-vous lui demander si tout va bien ?

Elle acquiesça et se tourna vers Rini.

— Es-tu prêt à t'entretenir avec le Dr Romano ? Après, on t'apportera ton repas.

— Si ça accélère ma sortie de l'hôpital, pourquoi pas ? dit Rini avec dans la voix une amertume qui n'était pas dans le caractère de l'homme d'avant, celui qu'elle avait épousé.

— Il est d'accord, docteur.

Le médecin s'assit de l'autre côté du lit.

— Je vais enregistrer notre conversation pour votre dossier, dit-il en sortant un petit appareil. J'aimerais que vous me disiez quel est pour le moment votre plus ancien souvenir.

Sans quitter des yeux la femme superbe qui était assise à son chevet, Rini fit un gros effort pour se concentrer.

Lorsque Luna lui était apparue à l'hôpital de Rezana, il avait cru à une hallucination. Et maintenant, elle était assise à côté de lui dans cette nouvelle chambre d'hôpital, blonde, merveilleusement bien faite, belle à couper le souffle. Quand elle lui avait dit qu'elle l'aimait, il avait senti son cœur s'arrêter de battre.

Pour réussir à se concentrer, il dut fermer les yeux.

— Je me souviens que je me suis retrouvé dans le noir total, complètement désorienté. Mon crâne me faisait atrocement mal, et le silence était terrifiant. J'ai réalisé que j'étais seul et que le sol tremblait sous moi. Je ne savais pas ce que je faisais là et ne comprenais pas ce qui se passait. Je me suis même imaginé que j'étais peut-être mort.

Luna mit un instant une main sur sa bouche pour étouffer ses sanglots, mais il fallait qu'elle continue de traduire.

— Et qu'avez-vous fait, Rini ?

— Je ne sais pas trop, docteur. Mes jambes étaient enfouies sous des débris de rochers, et j'ai eu l'impression de mettre des heures à me dégager. Finalement, j'ai réussi à bouger, mais j'étais épuisé, et je me suis endormi. Quand je me suis réveillé, rien n'avait changé. J'étais glacé d'effroi, jusqu'au moment où j'ai pris conscience que je respirais de l'air frais, ce qui signifiait qu'il existait sûrement un moyen de sortir de ce trou affreux et que je devais trouver cette issue.

Le Dr Romano s'éclaircit la voix :

— Vous savez maintenant que vous avez été bloqué au fond de la mine par un tremblement de terre. Après tout ce que vous avez subi, c'est un miracle que vous soyez encore en vie.

— C'est vrai ! s'écria Luna, morte d'angoisse à la pensée de l'épreuve qu'il avait traversée.

— Continuez si vous le pouvez. Dites-nous ce qui s'est passé ensuite.

— Je me suis mis à ramper dans la direction de l'arrivée d'air frais jusqu'à ce que je découvre de la végétation sous moi. Des chardons qui m'écorchaient les mains. Il y avait encore des secousses, mais quand j'ai levé la tête, j'ai vu un ciel plein d'étoiles, et je me suis immédiatement rendormi. C'est la lumière du jour qui m'a réveillé. Je me trouvais à flanc de montagne, mais je ne savais pas où ni pourquoi.

— Quelle horreur ! s'exclama-t-elle.

— Continuez si vous en avez la force, intervint le médecin.

Rini resta un instant silencieux, les yeux fermés, puis il reprit son récit :

— J'avais énormément saigné d'un bras, et du sang coulait aussi sur mon visage depuis le sommet de la tête. Ma montre était cassée, et j'avais très soif. Il fallait absolument que je trouve quelqu'un pour m'aider et me donner à boire. Je me suis mis debout, mais j'avais beaucoup de mal à marcher. J'ai fini par arriver au bord d'une autoroute, que j'ai suivie jusqu'à ce que je trébuche et que je tombe. Je ne me souviens plus de rien jusqu'au moment où une voiture s'est arrêtée à côté de moi. Un homme en est sorti et m'a parlé, mais je ne comprenais rien de ce qu'il me disait. Il m'a hissé dans la voiture et, un peu plus tard, la police m'a emmené à l'hôpital. Là-bas, personne ne me comprenait, et moi non plus je ne pouvais pas les comprendre. Les jours suivants, j'ai perdu la notion du temps. Je ne pouvais rien avaler, et je me sentais trop mal pour faire quoi que ce soit.

Il ouvrit les yeux et le médecin se leva.

— Merci d'avoir bien voulu collaborer avec moi. Maintenant, vous allez pouvoir vous rafraîchir et profiter de votre dîner. Quand on vous aidera à prendre votre douche, faites attention à ne pas mouiller le pansement que vous avez au bras. Prenez garde aussi, quand vous vous ferez un shampooing, de ne pas aggraver votre blessure à la tête. Je repasserai vous voir demain matin pour prescrire quelques examens supplémentaires qui m'en apprendront davantage sur votre état.

Lorsque Luna eut fini de traduire, Rini s'écria :

— Tu ne peux pas m'abandonner !

Il la fixait d'un regard plein d'anxiété, et elle se rappela qu'il ne pouvait communiquer qu'avec elle.

— Ne t'inquiète pas. Je reviens tout de suite, je te le promets.

— Ce soir ?

— Oui, ce soir.

Elle raccompagna le médecin, qui l'avertit qu'il avait prévu une série de scanners pour le lendemain.

— Maintenant qu'il est de nouveau dans son pays, il vous sera plus facile de lui donner tous les renseignements et les explications nécessaires. Dites-lui la vérité. Nous verrons bien comment il réagira.

Dès qu'elle l'eut quitté, elle appela son chauffeur pour

rentrer au *palazzo* et emballer les affaires dont Rini risquait d'avoir besoin. L'angoisse de son regard la hantait, et elle se hâta de regagner l'hôpital.

Son mari avait toujours été plein de confiance en lui et avait le sens des responsabilités. Le voir aussi anxieux lui prouvait la gravité du traumatisme qu'il avait subi.

Rini avait gagné la salle de bains, accompagné par un aide-soignant à qui il avait fait comprendre par gestes qu'il voulait être seul. Il s'agrippa au lavabo pour se regarder dans le miroir.

Je suis donc Rini Baldasseri, inconnu de moi.

Rini, c'était ainsi que l'appelait sa prétendue épouse. Ingénieur des Mines ? Comment savoir la vérité ?

Le seul élément qui l'incitait à croire qu'ils étaient mariés, c'est qu'elle parlait la même langue que lui, une langue que personne d'autre ne semblait comprendre. Il avait examiné la photo où on les voyait s'embrasser. Un baiser passionné qui ne mentait pas sur l'attirance qu'ils éprouvaient l'un pour l'autre. Pas plus que l'alliance et le diamant qu'elle portait à l'annulaire.

Avec ses cheveux blonds et ses yeux vert lagon, elle était vraiment très belle. Ils auraient donc été mariés pendant six mois ? Mais comment était-il possible qu'il ne la reconnaisse pas et ne garde aucun souvenir d'elle ?

Le médecin lui avait dit qu'il souffrait d'amnésie. Il savait ce que c'était, mais il ne connaissait personne d'autre à qui cela soit arrivé. Ou peut-être que si, mais l'amnésie ne lui permettait pas de s'en souvenir. Il ne parvenait pas à y croire.

Comme il n'était plus sous perfusion, il entreprit de se raser. Cette barbe le démangeait au point de le rendre fou. Lorsqu'il s'en fut débarrassé, il s'examina en pied.

À en croire les photos, il avait perdu du poids.

Il portait toujours la blouse verte que lui avait fournie

l'hôpital de Rezana et dont la couleur lui donnait mauvaise mine. Pas de chaussures mais des chaussons jetables.

Il ôta toutes ces horreurs et passa sous la douche.

Jamais de sa vie rien ne lui avait paru aussi délicieux que l'eau chaude qui ruisselait sur son corps…

Mais au fond, qu'en savait-il ? Comment en être certain ? Puisque vingt-neuf années de sa vie venaient de s'effacer de son cerveau.

Luna allait bientôt revenir. Elle l'avait promis.

Il savait qu'il n'était plus l'homme qu'elle avait épousé, ni physiquement ni moralement. Elle avait beau faire bonne figure pendant qu'elle traduisait, il supportait mal l'idée qu'elle ait pitié de lui.

Il enfila le peignoir éponge de l'hôpital et, après s'être tamponné les cheveux avec une serviette, il revint dans sa chambre, où l'aide-soignant l'aida à se remettre au lit.

La prochaine étape serait une bonne coupe de cheveux.

Il avait au moins une photo de la personne qu'il avait été. Peut-être y avait-il à l'hôpital une personne capable d'accomplir cette tâche ? Il avait l'impression que plus vite il ressemblerait à l'homme de la photo, plus vite il recouvrerait la mémoire.

On lui apporta le dîner. L'odeur des lasagnes lui titilla les narines et lui ranima les papilles. Jamais il n'avait mangé d'aussi délicieux, et lorsque Luna revint, il avait tout dévoré.

Elle avait les bras croisés, mais il se retrouva une fois de plus en train d'admirer sa haute taille et ses courbes si féminines.

Après avoir rangé le long du mur deux petites valises, elle s'approcha pour l'examiner, et un sourire éclaira son ravissant visage aux pommettes hautes. Ses yeux verts lumineux se posèrent sur lui.

— Waouh ! Un bon rasage, il n'y a rien de tel !

— Mieux ou moins bien ? s'enquit-il avec anxiété.

— Tu es toujours beau, Rini. Cette barbe te donnait l'air d'un pirate élégant, mais je te préfère sans.

Cette réflexion lui remonta le moral et soulagea l'anxiété que faisait naître en lui cette pénible situation.

— Tu crois qu'il y a un coiffeur par là ?

— Je ne sais pas, mais demain je demanderai à Emilio, ton propre coiffeur, de venir ici. Qu'en penses-tu ?

— Je te dois déjà tellement…

— Tu as tout mangé, constata-t-elle après avoir jeté un coup d'œil au plateau. Veux-tu un supplément ?

— Non, je n'ai plus faim.

— Je suis contente que ça t'ait plu, dit-elle en enlevant le plateau pour le poser sur une autre table. Tes grands-parents ont composé ce menu avec des plats que tu aimais.

— C'est gentil à eux.

— Ils t'aiment beaucoup. Ta *nonna* tient à ce que tu te remplumes.

Rini eut un faible sourire.

Et lui, donc ! Et le plus vite possible, car il souhaitait désespérément redevenir l'homme qu'il était sur les photos.

— Cela leur a rendu la vie de te savoir vivant. Pour toi, ils feraient n'importe quoi.

Le regard de Rini se posa sur les valises.

— Qu'as-tu apporté ?

— Dans l'une il y a tes affaires de toilette, quelques vêtements et des chaussures, pour quand tu sortiras. Mais jusque-là, je crains qu'il ne te faille te contenter d'un pyjama d'hôpital.

— Espérons qu'il ne sera pas vert.

— Je ne crois pas, répondit-elle en esquissant un sourire. Tu as vécu un véritable cauchemar, Rini, mais désormais, tu es de retour chez toi.

Sauf que « chez lui », cela ne signifiait pas grand-chose dans sa tête. À cette pensée, il se sentit en proie à une nouvelle poussée d'angoisse.

— Et dans l'autre valise ?

— Une surprise.

— Je peux voir ?

Elle l'ouvrit et la déposa au pied du lit.

— Un ordinateur ?

— *Ton* ordinateur, dit-elle en le plaçant sur ses genoux. Je vais le brancher, ajouta-t-elle en cherchant des yeux une prise murale.

Il sentit son cœur battre plus vite. Peut-être cet objet allait-il réveiller quelques souvenirs en lui ?

Excité, il se mit à taper, mais un message lui annonça qu'il devait entrer un mot de passe, et comme il n'en avait pas la moindre idée, son excitation se changea en une frustration plus pénible encore.

— Je vais le faire. Je le connais.

Luna se pencha au-dessus de lui, et une mèche blonde lui effleura la joue tandis qu'un délicieux parfum de fraise lui chatouillait les narines. Elle recula d'un pas.

— Clique là où tu veux, et tu verras s'afficher des photos, des cartes, des graphiques, tout ce que tu veux savoir concernant la mine Re Mida. C'est ton bébé à toi, ajouta-t-elle avec un clin d'œil qu'il trouva étrange.

Il mit quelques secondes à repérer les icones qui s'affichaient sur l'écran. Hélas, au bout de dix minutes passées à explorer des écrans où il ne reconnaissait rien ni personne, il referma le couvercle.

Luna avait compris le message.

— Tu es fatigué. Tu continueras demain.

Après avoir débranché l'ordinateur, elle le rangea dans la valise. Une infirmière entra alors pour vérifier les signes vitaux de Rini et lui administrer d'autres médicaments.

— Que vas-tu faire ? demanda-t-il après le départ de l'infirmière.

— Je vais rester avec toi jusqu'à ce que tu t'endormes, répondit-elle en s'asseyant au chevet de son lit.

Et après ?

— Je ne veux pas que tu partes.

— Je n'ai pas l'intention de partir, je dormirai sur le divan dans la pièce à côté.

En regardant autour de lui, il se rendit compte que sa chambre était beaucoup plus grande que celle qu'il avait occupée en Slovénie.

— C'est une suite ?

— Oui. Ici, tu peux obtenir tout ce que tu veux et bénéficier des meilleurs médecins au monde.

— Pourquoi suis-je traité comme un roi ? demanda-t-il, choqué.

— Parce que tu es le prince héritier de San Vitano. Quand ton grand-père mourra, tu deviendras le roi de ce beau pays.

— Il est roi ? Sérieusement ?

Luna eut l'air épuisé, tout à coup.

— Pendant que tu digères tout ça, dit-elle en se levant, je vais te montrer des photos qui t'en apporteront la preuve.

Une minute plus tard, elle déposait sur ses genoux un gros album assez lourd. En l'ouvrant, dès la première page, il découvrit la famille royale en habit de cérémonie. Il ne reconnut que ses grands-parents. Lentement, il parcourut l'album, s'attardant sur chaque cliché.

Luna lui désigna une photo de Vincenzo, qu'il examina longuement, sans être capable de l'identifier. En découvrant des photos de leur mariage et de sa ravissante épouse, il sentit son pouls s'accélérer.

Il ne se souvenait pas d'elle, mais elle lui plaisait de plus en plus. Sur ces photos, elle portait une tiare.

Il leva les yeux pour la regarder.

— Cela veut donc dire que tu es la princesse Baldasseri ?

Elle acquiesça en souriant.

— Oui, une simple roturière qui a épousé le prince charmant.

— Je ne me rappelle rien de ma vie ni de la tienne, reconnut-il avec une grimace en refermant l'album plus sèchement encore que l'ordinateur quelques minutes plus tôt.

Comment pouvait-il avoir oublié sa femme ?

— Il faut te donner du temps, Rini, dit-elle en rangeant l'album. Je vais déposer tes affaires de toilette dans la salle de bains pour que tu puisses te laver les dents et te préparer à te coucher.

Elle disparut et revint quelques instants plus tard.

— Il y a une robe de chambre pour toi dans la salle de bains. Tu dois être très fatigué.

— Pas du tout. Je me sens bien réveillé. En revanche, toi, tu as sûrement besoin de dormir après la journée épuisante que tu viens de vivre. Demande à quelqu'un d'apporter un lit d'appoint, je préférerais que tu dormes à côté de moi pour pouvoir te parler au cas où je me réveillerais cette nuit.

Il voulait qu'elle reste tout près de lui…

Soudain, il découvrit qu'il la désirait, et cela lui causa un choc.

— Si tu veux appeler quelqu'un, appuie sur ce bouton.

Une minute plus tard, un aide-soignant faisait son entrée.

— Pouvez-vous m'installer un lit d'appoint dans cette pièce ? lui demanda Luna en souriant.

— Bien sûr. Je vais demander qu'on vous en apporte un immédiatement.

— Merci.

Dès qu'il fut ressorti, Rini se leva pour aller à la salle de bains.

— Je reviens dans une minute.

Après avoir examiné tout ce qu'elle lui avait apporté, il se brossa les dents, se déshabilla et enfila la robe de chambre de l'hôpital. Puis il ressortit en se disant qu'il n'était qu'un pâle fantôme du prince charmant dont Luna avait rêvé naguère.

4.

Lorsque l'aide-soignant eut éteint les lumières, Luna passa dans l'autre pièce pour se déshabiller et enfiler un pantalon de jogging bleu pâle et un haut assorti. Puis elle revint dans la chambre et se glissa sous les couvertures du lit d'appoint installé près de celui de Rini.

Après dix jours d'intense chagrin, son mari chéri était ressuscité, un miracle leur avait permis d'être réunis. Elle se jurait de ne plus jamais le perdre de vue. Elle était ravie qu'il ait tenu à ce qu'elle dorme à côté de lui, et elle aurait voulu qu'il sache qu'elle l'adorait et que cela lui manquait de ne pas faire l'amour avec lui. Elle se retourna pour le contempler et vit qu'il la regardait lui aussi.

— Tu pleures, murmura-t-il. Tu me trouves donc si laid ?

— Oh ! Rini ! s'écria-t-elle en s'essuyant le visage du dos de la main, ce sont des larmes de joie et de reconnaissance que tu ne sois pas mort. Je suis obsédée par l'horrible épreuve que tu as dû surmonter pendant que nous croyions tous que…

— Que j'étais mort ? coupa-t-il. Pour être franc, chaque fois que je me réveillais dans cet enfer sans savoir ni qui ni où j'étais, j'aurais voulu être anéanti.

Elle se redressa sur un coude.

— Mais maintenant, je suis là pour t'aider, aussi longtemps que ce sera nécessaire.

— Peut-être ne vais-je jamais recouvrer la mémoire, dit-il d'une voix grave en fronçant les sourcils. Sachant que nous sommes mariés, as-tu vraiment envisagé ce que ça signifie ?

Oui, elle y avait déjà réfléchi, mais cette éventualité la rendait trop malade pour qu'elle veuille de nouveau y penser.

— Ne brûlons pas les étapes, répondit-elle. Ce matin, en me réveillant, je me suis imaginé que j'allais passer une nouvelle journée sans toi. À midi, j'étais à Rezana, cherchant à rassembler le plus d'informations possible. Et puis, j'ai découvert que tu étais en vie.

— Mais complètement drogué, murmura-t-il.

— Quand tu t'es enfin réveillé, j'ai découvert que tu comprenais le romanche et que tu le parlais, même si tu ne peux pas t'exprimer dans une autre langue. Peux-tu imaginer ce que j'ai ressenti ? Quand tu as ouvert les yeux parce que tu me comprenais, j'ai cru que j'allais mourir de joie et d'amour !

Il s'installa tout au bord de son lit pour être plus près d'elle.

— Quand je t'ai entendu dire « Je t'aime », j'ai eu l'impression qu'un ange s'adressait à moi. Dans ces horribles circonstances, c'étaient les premiers mots que je comprenais. Jamais tu ne sauras ce que j'ai ressenti. Dès cet instant, une connexion s'est établie entre nous. Je ne me souviens pas de toi, mais tu es devenue mon seul ancrage, la seule personne à qui je puisse me raccrocher. L'unique réponse à cette angoisse innommable.

— Parce que je suis ta femme, approuva-t-elle. Mais si deux miracles peuvent se produire le même jour, tout est possible. Par ailleurs, je ne comprends pas pourquoi l'hôpital de Rezana n'a pas fait suivre les objets personnels que tu avais avec toi quand tu y as été conduit.

— Quels objets ?

— Tes vêtements et ton portefeuille. Tes chaussures. Et ta montre et ton alliance. Où sont-elles ?

Pour la première fois depuis qu'elle l'avait retrouvé, il laissa échapper un petit rire sans joie.

— Pour comprendre, il faudrait que tu aies été là-bas.

— Dis-moi comment tout cela s'est passé. Je veux tout savoir.

— D'abord, il y a une question que j'aimerais te poser. D'habitude, quels vêtements portes-tu pour dormir ? Une tenue de sport comme ce jogging ?

Elle se devait d'être franche avec lui

— Non, mais j'ai pensé que cette tenue serait plus adaptée, compte tenu des circonstances. Habituellement, je me couche en chemise de nuit, mais je ne la garde jamais très longtemps.

— Et moi ?

— Rien du tout.

— Dans ce cas, comment se fait-il que tu ne te sois pas encore retrouvée enceinte ?

— Oh ! Rini ! dit-elle en riant. Nous avions tous les deux décidé de fonder une famille et nous n'utilisions pas de contraceptif. Je désirais tellement avoir un enfant de toi.

Il se frotta la joue d'un air pensif.

— Tu étais inquiète de ne pas encore être enceinte ?

Elle aurait bien aimé pouvoir lui dire la vérité, mais comment allait-il accueillir cette information ? Avant qu'elle puisse lui annoncer qu'il allait être père, il fallait qu'ils redeviennent plus proches.

— Six mois de mariage, ce n'est pas très long, tu ne trouves pas ?

— Tu as raison. Et moi, ça me contrariait ?

— Non, mais nous espérions tous deux que ça ne tarderait pas.

Il se redressa et se tourna pour passer ses longues jambes hors du lit.

— Nous avions couché ensemble avant d'être mariés ?

— Quand nous nous sommes mariés, nous nous connaissions depuis six semaines à peine. Avant que nous fassions l'amour, tu préférais que je sois ta femme. Nous avions hâte tous les deux. D'ailleurs tes grands-parents ont été choqués que nous nous mariions aussi vite. Ils avaient en vue une princesse romaine.

— Un mariage de convenance ?

— Oui.

— Je la connaissais bien ?

— C'est un sujet que tu préférais éviter.

— Et nous ?

— Nous sommes tombés follement amoureux au premier regard, répondit-elle avec un sourire éclatant, et tu as immédiatement rompu avec elle. Tu m'as juré que tu ne l'avais jamais aimée, et je t'ai cru. D'ailleurs, sinon, comment expliquer ce qui nous est arrivé ?

Il la contempla un long moment.

— Cela n'a pas contrarié mes grands-parents ?

— Si c'était le cas, ils l'ont bien caché, et ils t'ont autorisé à m'épouser, moi qui n'étais qu'une roturière. Dans ta famille, cela ne s'était jamais produit. À ce que j'ai cru comprendre, tu as déjà souvent défié les conventions, et tu es très indépendant, mais tes grands-parents t'adorent.

Soudain, il sortit du lit et se mit à arpenter la chambre avant de s'arrêter net.

— Qu'est-il arrivé à mes parents ?

— Ils sont décédés il y a quatre ans dans le naufrage de leur bateau en Méditerranée. Je regrette beaucoup de ne pas les avoir connus.

— Et tes parents à toi ? demanda-t-il en s'approchant d'elle.

— Ils sont morts dans un accident d'avion quand j'avais deux ans, je ne garde d'eux aucun souvenir. Mon grand-père dirigeait une banque, et j'ai été élevée par mes grands-parents qui sont morts tous deux de pneumonie, presque en même temps. J'ai terminé mes études de gestion à l'université de Saint-Gall, en Suisse. J'ai trouvé tout de suite du travail là-bas, mais comme je n'étais pas satisfaite, j'ai cherché ailleurs, y compris à l'étranger. Étant bilingue italien-romanche, j'ai passé un entretien à la compagnie minière Baldasseri, ici, à San Vitano. Fabio Machetto, le responsable administratif, m'a engagée. Dès le départ, j'ai apprécié l'ambiance et mes futurs collègues, et je me suis dit que je pourrais m'y plaire.

Deux semaines après, tu es entré dans mon bureau, et j'ai éprouvé un choc au point de m'en sentir gênée.

— Apparemment, c'était partagé.

— Oui, heureusement. Pour en finir, on a commencé à bavarder, tu m'as invitée à déjeuner, et on ne s'est plus quittés.

— Tu as eu d'autres amoureux ?

— Quelques-uns, mais dès que je t'ai rencontré, plus personne d'autre n'a compté. Et maintenant, assez parlé de moi ! J'ai répondu à tes questions, alors dis-moi pourquoi tes affaires personnelles n'ont pas été déposées dans l'hélicoptère.

Rini respira longuement puis se remit au lit, comme s'il cherchait à retarder au maximum le moment de répondre.

— Comme je l'ai expliqué au Dr Romano, je me suis retrouvé allongé au bord de l'autoroute, un gentil automobiliste m'a remarqué et emmené à Rezana. Il a alors averti la police qui m'a conduit à l'hôpital. Je ne me souviens de rien d'autre, mais peut-être quelqu'un s'était-il arrêté auparavant pour me voler. Quant aux vêtements que je portais, ils étaient en loques. L'hôpital les a sans doute jetés. Je n'en ai rien su car je ne pouvais pas communiquer avec eux.

— Dommage, car le contenu de ton portefeuille leur aurait permis de t'identifier.

— Peut-être l'ai-je perdu en rampant sous terre. Une fois à l'hôpital, j'espérais chaque soir que je ne me réveillerais pas.

— Heureusement, grâce à ce policier, Zigo, j'ai réussi à te retrouver. Sans lui, jamais je n'y serais parvenue. Je voudrais lui témoigner mon infinie reconnaissance.

— Nous trouverons une façon de le faire, Luna. Et je tiens aussi à récompenser le médecin qui m'a soigné.

— Tu as raison. Carlo Bruni, l'homme qui m'a accompagnée à Rezana, est le représentant à l'étranger de ton grand-père, chargé de régler ce genre d'affaires. Nous l'apprécions beaucoup.

De nouveau, elle s'allongea sur le lit d'appoint, regrettant de ne pas partager celui de Rini.

Elle aurait tant voulu le serrer dans ses bras, faire l'amour avec lui, oublier tout le reste !

Ils restèrent un moment ainsi, dans le calme de la nuit. Mais la voix grave qu'elle adorait ne tarda pas à se faire de nouveau entendre :

— Tu dors ?

— Non, mais je croyais que toi, tu t'étais endormi.

— Pas du tout. Dis-moi où nous vivions.

Elle se tourna vers Rini dans la pénombre.

— Nous vivons dans un charmant *palazzo*, non loin du palais royal où tu es né et où tu as grandi. Il y a un verger derrière la maison ; quand les arbres sont en fleurs, c'est une féerie. Nous avons une intendante, Viola, qui fait aussi la cuisine. Cela fait près de quinze ans que son mari et elle sont à ton service.

— J'ai des amis ?

— Depuis que nous nous sommes rencontrés, nous ne fréquentons pas grand monde. Tu es très proche de ton cousin Vincenzo, mais comme il dirige une menuiserie à Scuol, vous ne vous voyez pas aussi souvent que vous le voudriez. Je ne l'ai croisé qu'une fois, le jour de notre mariage. Et de ton côté, tu dois concilier tes obligations princières avec la direction de la mine. Depuis le tremblement de terre, Vincenzo assume certaines de tes charges. C'est le petit neveu de ton grand-père, qui a toujours entretenu d'excellentes relations avec lui. Toute ta famille est très unie, et Vincenzo et toi, vous vous entendez comme deux frères.

Il y eut un bruit de draps froissés.

— Si mon frère aîné n'était pas mort, il aurait dû être prince héritier.

— C'est exact.

— Je me demande quand je pourrai enfin sortir d'ici, murmura Rini avec un soupir de frustration.

Il semblait agité. C'était visiblement trop d'informations pour une seule journée.

— Demain, après tes examens, tu auras une première consultation avec le Dr Tullia. Puis le coiffeur, et enfin le Dr Romano. Tu pourrais en discuter avec lui.

— J'ai l'impression que tout le monde me considère comme un tyran.

— Pas du tout, Rini, mais tu sais ce que tu veux et tu t'arranges pour l'obtenir.

— Quoi qu'il advienne ?

— Selon le Dr Miakar, tu es raisonnable, mais il faut te donner le temps de réfléchir. Cela te résume assez bien. Et maintenant, tu as besoin de dormir. Je te verrai demain après ta première consultation avec le Dr Tullia. *Buna notg,* Rini.

Rini aurait préféré ne pas en rester là, mais sa femme pensait différemment. Elle se tourna de l'autre côté.

L'horloge accrochée au mur indiquait 1 h 40.

Sans Luna, il aurait sans doute fini par mourir à Rezana. Mais elle avait suivi son instinct et découvert qu'il était encore en vie.

Il enfouit son visage dans l'oreiller, convaincu qu'il était marié à une femme courageuse, exceptionnelle. Et exceptionnellement désirable.

Ce qu'elle lui avait révélé de leur mariage, six semaines à peine après leur première rencontre, c'était incroyable ! Il avait épousé une femme aussi bonne que belle, et ils étaient si proches qu'ils n'avaient besoin de fréquenter personne d'autre.

Avant de sombrer dans le sommeil, il lui vint une idée qu'il se promit d'exposer au thérapeute dont lui avait parlé le Dr Romano.

Le lendemain, quand on l'eut ramené dans sa chambre après une batterie d'examens, le Dr Tullia y fit irruption, accompagné d'un jeune homme qui se présenta comme Chispar, bilingue en italien et romanche.

— Je suis enseignant à l'université, et je suis venu apporter mon aide au Dr Tullia.

Rini regrettait que Luna n'assiste pas à cette consultation, car elle avait déjà quitté l'hôpital quand il s'était réveillé. D'autre part, Chispar lui expliqua que, pour cette première entrevue, le médecin préférait s'entretenir avec lui en dehors de la présence de son épouse, et Rini fut bien obligé de se plier à cette décision.

Luna devait être au courant de cette consultation. Il ferait mieux de coopérer, sinon le médecin inscrirait dans son rapport qu'il n'était pas « raisonnable ».

Les deux hommes s'assirent à son chevet. Le Dr Tullia semblait détendu.

Rini avait cru que celui-ci lui poserait beaucoup de questions, mais ce ne fut pas le cas.

— D'après le Dr Romano, vous savez que vous souffrez d'amnésie, et vous connaissez le sens de ce mot. Vous sentez-vous assez bien pour que nous puissions en parler ?

— Oui, parfaitement.

— La perte de mémoire n'affecte pas tout le monde de la même façon. Cela va de la simple frustration à une angoisse insupportable. De quoi avez-vous envie de me parler ?

— Je me sens bien, et j'aimerais rentrer chez moi. Quand le pourrai-je ?

— Vous savez où se trouve votre maison ?

— Ma femme me l'a expliqué.

— Vous avez de bonnes relations avec elle ?

— C'est elle qui m'a retrouvé. Si nous ne nous entendions pas, je suppose qu'elle ne se serait pas lancée à ma recherche.

— On dirait que vous lui faites confiance.

— Je ne crois pas qu'elle m'ait menti, mais…

— Mais quoi ?

— Ce doit être une sainte.

— Que voulez-vous dire ?

— Qu'elle est parfaite, dans tous les sens du terme.

— Et cela vous perturbe ?

— Oui, car comment savoir si elle n'a pas simplement… pitié de moi, sans réellement désirer que je revienne vivre avec elle ?

— À quoi attribuez-vous cette impression ? Elle vous a dit qu'elle avait pitié de vous ?

— Non.

— Alors, sans doute faudrait-il que vous en discutiez avec elle en privé. Vous avez l'air de projeter sur elle vos propres angoisses.

Rini poussa un soupir d'exaspération.

— À ce que j'ai cru comprendre, reprit le médecin, vous êtes un homme de pouvoir, et vous avez confiance en vous. Il faut retrouver cette assurance, même si la mémoire ne vous revient pas tout de suite. Compte tenu des circonstances, je vais avertir le Dr Romano que je suis d'accord pour que vous rentriez chez vous avec votre épouse. Jusqu'à ce qu'il vous autorise à sortir, je passerai vous voir tous les matins. Ensuite, j'aimerais vous voir deux fois par semaine ici, à l'hôpital, pendant un mois. Vous pouvez toujours me joindre chez moi ou à mon cabinet en cas d'urgence, même en pleine nuit.

Lorsqu'ils se levèrent et lui dirent au revoir, Rini éprouva un certain soulagement.

À peine étaient-ils sortis qu'il vit entrer dans sa chambre un homme de son âge en tenue de sport, et il eut l'impression qu'il l'avait vu sur une des photos que lui avait montrées Luna.

Le nouveau venu le dévisagea un long moment en silence, ce qui le mit mal à l'aise.

— Jamais tu ne sauras à quel point je suis content de te voir, finit-il par déclarer en romanche.

En l'entendant s'exprimer dans cette langue, Rini comprit.

— Tu dois être mon cousin Vincenzo.

Un large sourire éclaira le beau visage du nouveau venu.

— Gagné ! À moins que Luna ne m'ait raconté un bobard ? Tu n'as donc pas complètement perdu la mémoire, *cusregna* ?

Malgré sa gentillesse, Rini se sentit mal à l'aise car il n'arrivait pas à admettre qu'il était vraiment le prince héritier. Il préférait ne pas y penser.

— Si, mais Luna m'a montré une photo de toi sur l'album de famille.

Le sourire de Vincenzo s'évanouit, et il s'assit à son chevet.

— Je suis venu te proposer mon assistance en tant que traducteur, puisque je parle à la fois romanche et italien.

— Je te remercie, mais j'ai déjà ma femme pour m'aider.

Vincenzo se pencha vers lui.

— Je le sais. C'est un ange, et elle t'a retrouvé. Mais ton grand-père m'a appelé hier soir, et il m'a fait comprendre que tu as besoin d'un interprète tant que tu restes à l'hôpital.

— Le Dr Tullia a fait venir ici un universitaire qui parle romanche.

— En tout cas, si tu as besoin de quelqu'un d'autre, tu sais que je suis à ta disposition.

— Luna m'a dit que tu assumes mes obligations de prince héritier et que tu vas bientôt te marier. Tu dois déjà être très occupé ?

— J'ai du temps à te consacrer. Ma fiancée vit en Italie, et elle comprend que je veuille t'aider.

— Où est Luna ?

— Je n'en ai aucune idée, et c'est pourquoi je suis là. Pour la remplacer et lui laisser un peu de liberté. Mon grand-père m'a dit que tes grands-parents s'inquiètent pour vous deux.

Rini se redressa dans le lit, repris par l'inquiétude.

Luna avait donc besoin de liberté, et elle en avait déjà parlé à la famille ?

Sa crainte qu'elle ne veuille plus de lui s'accrut encore.

— Dis-moi ce dont tu as besoin, Rini, et je ferai tout mon possible pour te satisfaire.

La sincérité de cet homme était évidente, Rini le devinait à ses yeux et à son expression, mais peu importe. La vie de prince ne l'intéressait absolument pas, tant pis s'il risquait de blesser Vincenzo en exprimant ce sentiment. C'était vraiment le dernier métier qu'il avait envie d'exercer. Il faudrait qu'il en parle au Dr Tullia, mais pour le moment il ne voulait surtout pas qu'un membre de sa famille se mêle de sa vie, même avec d'excellentes intentions. Cette simple idée l'exaspérait.

— Luna m'a dit que tu travaillais dans le bois ?

— Oui, mais ce qui compte pour moi, c'est ta santé. Quand je suis arrivé au palais, j'y ai trouvé Carlo Bruni qui m'a raconté comment ton épouse avait réussi à te retrouver. C'est une femme de convictions, et elle a senti que tu étais en vie. Quelle clairvoyance ! Si ma fiancée est aussi merveilleuse que Luna, je me sentirai au paradis.

— Je suis convaincu que tu es sincère, Vincenzo. Alors je crois que tu peux faire quelque chose pour moi.

— De quoi s'agit-il ?

— Luna m'a décrit en quoi consistaient mes obligations princières avant que tout cela ne m'arrive. À ce que j'ai compris, mon grand-père t'a demandé de prendre le relais. Puisque je ne peux plus assumer cette tâche, je suis heureux qu'elle te revienne désormais.

— Mais ton état n'a rien de définitif, Rini !

— Cela reste à voir.

— J'ai des amis qui ont souffert de pertes de mémoire à la suite d'accidents de ski, mais elle leur est toujours revenue. Maintenant que tu es soigné par des spécialistes, tu vas redevenir en peu de temps comme auparavant.

— Tu te trompes, Vincenzo. D'après le Dr Romano, je souffre de fugue dissociative. Mon amnésie est très différente, et je ne dois pas m'attendre à retrouver mon état d'avant.

Sous le choc de cette révélation, l'expression de son cousin changea du tout au tout.

— Je ne peux pas le croire… Et je suppose que Luna non plus.

— Elle commence à comprendre, et nous faisons tout notre possible, elle et moi, pour nous faire à l'idée que notre situation est définitive. Mon grand-père devra bien l'accepter, lui aussi. Je ne suis plus capable de remplir mes fonctions au sein de la monarchie, et le titre de prince héritier te revient donc de droit. Un jour, c'est toi qui règneras à San Vitano.

Vincenzo se leva et se mit à arpenter la pièce avant de revenir lui faire face.

— Tu en as déjà parlé à ton grand père ?

— Pas encore, mais je vais le faire. En fait, tout dépend de toi. Une fois sorti, je n'aurai pas besoin d'un traducteur puisque Luna sera là, et tant que je reste ici, le Dr Tullia peut se faire aider par l'universitaire dont je t'ai parlé.

— Rini, tout le monde suppose que ton amnésie n'est que temporaire !

— C'est ce que j'aurais souhaité, mais la réalité est tout autre. Luna m'a dit que mon grand-père a besoin d'un homme qu'il puisse former au métier de roi. Il paraît que toute la famille chante tes louanges, alors, je l'ai pris au mot.

— Tu aurais fait un bon roi ! s'écria Vincenzo, les yeux brillants de larmes. Je t'adorais, et prêt à t'aider pour la façon dont tu gères cette situation.

— J'essaie d'agir de mon mieux, et je suis heureux d'avoir pu t'en parler. Je ne peux plus être prince héritier, je n'ai même aucune idée de ce que cela implique. Pour moi, ce serait un fardeau insupportable, et je me réjouis que tu acceptes d'endosser ce rôle. Mais parle-moi de ta fiancée.

— C'est la princesse Valentina di Fiore Visconti, de Padoue, la fille du comte Giuseppe Visconti.

— Ça ne me dit absolument rien.

— Je sais. Désolé.

— C'est la vie. Je suis l'unique survivant d'un tremblement de terre qui a tué sept personnes. J'ai passé dix jours à l'hôpital à me demander si j'allais survivre. Enfin, j'ai quand même appris quelque chose, c'est que mes grands-parents sont des gens bien.

— Ils sont extraordinaires. Et tu ne peux pas savoir à quel point ils t'admirent et t'aiment.

— Luna m'a dit qu'ils avaient totalement confiance en toi. Si tu peux les seconder, cela me soulagera d'un grand poids.

— Je comprends. Que comptes-tu faire ?

Rini haussa les épaules.

— Repose-moi cette question dans un an, je pourrai peut-être te répondre.

— Puis-je faire quelque chose pour toi avant de retourner au palais ?

— Si tu vois Luna, dis-lui de venir le plus vite possible.

Son cousin se dirigea vers la porte, mais il le rappela.

— Merci d'être venu et de m'avoir proposé ton aide, Vincenzo. Luna m'a dit que nous étions d'excellents amis. Je le crois, et tous mes vœux t'accompagnent.

La visite de son cousin l'avait délivré d'un lourd fardeau, mais aussi déstabilisé. Il se leva et regarda par la fenêtre, se demandant ce qui était arrivé à sa femme. À ce moment, il entendit sa voix à travers la porte et se retourna.

Elle entra, toute vêtue de rose, accompagnée d'un homme qui portait une sacoche.

— Bonjour, Rini, voici Emilio, ton coiffeur.

— *Buona sera*, Votre Altesse.

5.

Stupéfait, Rini regarda Luna.

Elle avait appris au coiffeur à lui dire bon après-midi en romanche !

— Dis à Emilio que je suis impressionné. Et peux-tu lui montrer cette photo et lui demander de me refaire la même coupe ? Il a dû oublier.

— J'en doute, répondit Luna en prenant le cliché qu'il lui tendait.

Il reconnut la légère odeur de fraise qui le hantait. Elle montra la photo à Emilio tout en discutant avec lui en italien.

Rini en éprouva une intense frustration.

Pas d'alternative, il devait apprendre immédiatement cette langue !

— Il dit qu'il trouve intéressante l'allure que te donnent tes cheveux en désordre. Assieds-toi là, à cette table. Tu es certain que tu n'as pas envie de changer de coiffure ?

— Absolument certain.

— Je peux regarder, ou tu préfères rester entre hommes ? Je ne t'ai jamais accompagné chez le coiffeur.

— Tu peux rester.

— Très bien, dit-elle en prenant une chaise.

Emilio y aligna les instruments qu'il tira de sa sacoche et prit en main ses ciseaux tandis que Luna s'asseyait pour regarder.

— Comment ça s'est passé avec Vincenzo ? s'enquit-elle.

— Il me plaît bien. Je lui ai demandé de me relayer auprès de mon grand-père plutôt que de me servir de traducteur.

— Je vois, dit-elle en souriant.

Emilio intervint.

— Il dit qu'il distingue ta blessure au sommet du crâne, elle est en train de cicatriser, mais il faut que tu fasses encore attention quand tu te coiffes, lui traduisit Luna. Cela te fait toujours mal ?

— Un peu, quand j'appuie dessus. Le Dr Romano m'a dit que ça passerait avec le temps.

— Heureusement.

Après un dernier passage de tondeuse, Emilio le contempla d'un air satisfait avant de lui tendre un petit miroir.

— Regardez vous-même.

— Je ne peux pas me plaindre.

Luna se tourna vers Emilio.

— Il a dit que c'était parfait.

— C'est toujours un plaisir de travailler pour Votre Altesse, répondit le coiffeur avant de rassembler ses affaires et de quitter la pièce.

— Qu'en pense ma chère épouse ? questionna Rini quand ils se retrouvèrent enfin seuls.

Elle l'observa longuement de ses grands yeux verts avant de s'approcher de lui et de l'embrasser sur la joue.

— Tu sens bon, et tu ressembles à mon Rini d'avant.

— Toi, tu sens toujours merveilleusement bon, murmura-t-il en lui tendant les bras, mais sans oser la serrer contre lui.

Pas encore. D'abord, il devait retrouver sa forme, reprendre du poids. Redevenir l'homme dont elle était tombée amoureuse.

Luna lui sourit.

— Tu seras bientôt chez toi.

— Je l'espère bien. Le Dr Tullia a dit au Dr Romano qu'il était d'accord pour me laisser sortir.

— C'est super, s'écria-t-elle avec un enthousiasme qui le rassura. Quand tu es parti inspecter la mine, jamais encore nous n'avions été séparés. J'avais préparé un dîner d'anniversaire pour le soir même… Et aussi une autre surprise.

Quand tes grands-parents sont arrivés au *palazzo* et m'ont annoncé qu'il y avait eu un tremblement de terre et que des hommes étaient bloqués au fond de la mine, y compris toi, mon mari chéri, j'ai cru mourir.

Il y avait tant de douleur dans sa voix qu'il en fut bouleversé, mais au même moment une aide-soignante entra avec deux plateaux qu'elle posa sur la table, coupant court à leur intimité.

Dès que celle-ci fut ressortie, Luna invita d'un geste Rini à s'asseoir à table en face d'elle.

— Ta grand-mère sait que tu adores l'*osso bucco*. Moi aussi, d'ailleurs. Et celui-ci a l'air très appétissant.

Mais pas autant que Luna.

Il commença à manger.

— Notre cuisinière prépare ce genre de plat ?

— Oui, et beaucoup d'autres encore. Tu es fan de ses *bruschettas*.

Très bien. Il allait donc reprendre du poids et redevenir l'homme qu'elle avait épousé.

— Et toi, Luna, tu cuisines ?

— Pas très bien, contrairement à toi. Lorsque nous mangeons sur la terrasse dans le patio, c'est toujours toi qui prépares le repas.

— Tu plaisantes ?

— Pas du tout. Ta spécialité, ce sont les brochettes de saumon et d'espadon grillées avec une sauce au citron de ta composition. J'ai cru comprendre que c'est ta mère qui t'a appris à cuisiner. On raconte que c'était une cuisinière fabuleuse. Trois jours après notre premier déjeuner, tu m'as invitée à dîner au *palazzo*. À ma grande surprise, tu avais préparé toi-même un barbecue, et c'est là que j'ai compris que je t'aimais.

— Quand t'ai-je demandé ta main ?

— Le soir même, après m'avoir raccompagnée à mon modeste appartement.

— Si vite ?

— Oui. Je t'ai dit que je te donnerais ma réponse lors de notre rendez-vous suivant, deux jours plus tard. J'aurais bien aimé t'impressionner à mon tour par mes dons de cuisinière, mais ça a été un flop parce que mon four est tombé en panne. Je n'avais pas l'intention de te servir du poulet cru, mais tu as éclaté de rire en disant que tout ce qui comptait, c'était que j'accepte de devenir ta femme.

— Et tu m'as fait attendre longtemps ta réponse ?

— Pas du tout ! J'étais complètement désinhibée. Je t'ai avoué que je t'avais perçu comme le mari idéal dès notre premier déjeuner. Alors, tu as sorti une bague de ta poche, et tu me l'as passée au doigt, dit Luna en tendant les doigts pour la lui montrer.

Il lui prit la main et examina le joli diamant de trois carats et sa monture d'or, ainsi que l'alliance.

— J'avais donc bon goût.

— Absolument ! Tu m'as dit que l'or de ces deux bijoux venait de votre mine et qu'ils avaient été créés pour moi. À l'intérieur de l'anneau, tu avais fait graver : *Rini et Luna pour toujours.* Ce soir-là, au début, je croyais que je rêvais, jamais je ne m'étais sentie aussi heureuse de ma vie… Mais si tu tiens à savoir toute la vérité, peut-être pas aussi heureuse que quand je t'ai retrouvé vivant à l'hôpital de Rezana, ajouta-t-elle d'une voix tremblante. Tu ne peux pas savoir ce que j'ai ressenti alors.

Il se tortilla sur sa chaise.

— Et toi, tu ne peux pas savoir ce que j'ai ressenti en entendant une voix féminine me dire « Je t'aime » dans une langue que je comprenais. À cet instant, j'ai su que je n'allais pas mourir, que j'étais sauvé.

— Rini…

Il lui caressa doucement la paume, d'instinct, comme s'il

avait eu l'habitude de le faire auparavant. Peut-être avait-il perdu la mémoire, mais son corps réagissait comme avant, et son contact le ramenait à la vie.

Luna retira doucement sa main. Son corps lui semblait frémissant de désir, mais peut-être s'était-elle déjà trop livrée alors qu'il la connaissait à peine.

En parlant à Rini de leur vie de couple, Luna avait sans doute trop dévoilé ses propres sentiments. Si elle allait plus loin, elle risquait de le rebuter. Avec ou sans mémoire, elle l'adorait et désirait que leur mariage dure éternellement. Mais partageait-il ses sentiments ?

À ses yeux, elle était une parfaite inconnue et, en lui ouvrant son cœur, elle prenait le risque de l'étouffer. Il avait beau avoir envie de rentrer chez lui, il ne savait pas ce que ça voulait dire. Elle comprenait pourtant qu'il veuille quitter l'hôpital, qu'il devait ressentir comme une prison. Il avait faim d'indépendance, mais malheureusement il avait besoin d'elle pour communiquer.

S'il préférait que Chispar vienne s'installer avec eux au *palazzo,* elle ne lui en voudrait pas, même si elle n'en avait aucune envie. Et compte tenu des circonstances, mieux vaudrait qu'elle ne retourne pas travailler au siège de la compagnie minière durant un certain temps.

Elle allait en discuter avec le Dr Tullia. Peut-être celui-ci trouverait-il préférable que Rini soit accompagné en semaine par un traducteur avec qui il n'ait pas de lien affectif. Peut-être cela lui permettrait-il de s'habituer plus facilement à sa nouvelle vie, même si elle-même redoutait de se séparer de lui ne serait-ce qu'une minute.

Plus tard, le Dr Romano vint faire sa ronde, accompagné de Chispar, et demanda à examiner son patient.

— Je reviendrai dès qu'ils seront partis, promit-elle à son mari avant de passer dans le salon d'où elle appela le Dr Tullia qui lui avait donné sa carte.

Comme il ne répondait pas, elle lui laissa un message lui

demandant de la rappeler, puis elle alla dans la salle de bains pour enfiler son ensemble de jogging.

Son téléphone sonna pendant qu'elle se séchait les cheveux.

— Docteur Tullia, merci de m'avoir rappelée.

— C'est tout à fait normal. Que se passe-t-il ?

— Ce soir, le problème, c'est moi.

— Pourquoi ?

Elle lui fit part de ses récentes inquiétudes.

— J'aime mon mari, et avant son accident, nous étions très proches. Mais il ne se souvient plus de moi. Que dois-je faire s'il refuse de rentrer au *palazzo* et préfère garder ses distances ? D'autre part, est-il souhaitable que Chispar s'installe à demeure chez nous pour que je puisse reprendre mon travail ?

— Sachant que peut-être il ne se souviendra plus jamais de votre passé commun, voulez-vous qu'il vous aime autant qu'avant ?

— Oui ! s'écria-t-elle, c'est ma principale raison d'être.

— Dans ce cas, faites exactement ce que vous dicte votre instinct et continuez à être vous-même. Demandez-lui s'il veut de la compagnie pendant que vous serez au travail. Avec le temps, vous saurez s'il a l'impression que vous l'inhibez.

— C'est ce que je redoute. Mais comment le saurai-je ?

— Votre mari a toujours eu un caractère entier, et il ne garde pas ses convictions pour lui. Je ne vois pas pourquoi il aurait changé sur ce point.

— Vous avez raison. Merci pour vos conseils, docteur. Je me sens déjà mieux.

— Je suis à votre disposition. Bonne nuit, Luna.

Lorsqu'elle revint dans le salon, elle y trouva le Dr Romano qui l'attendait. Chispar était déjà parti.

— Comment l'avez-vous trouvé ce soir ? s'enquit-elle.

— Plutôt mieux. Je craignais qu'il n'ait des problèmes d'estomac en retrouvant une alimentation normale, mais il m'a assuré qu'il avait bon appétit. Dans ces conditions, il reprendra vite le poids qu'il a perdu.

— C'est grâce à sa grand-mère qui lui fait préparer ses plats préférés.

— Parfait. Il a dû vous dire qu'il veut rentrer chez lui ?

— Oui. Il est très impatient.

— Il va devoir rester encore deux jours à l'hôpital pour subir d'autres examens et travailler avec un kiné. Il sortira jeudi matin. Compte tenu de l'épreuve qu'il a subie, il est en bonne forme. Si vous avez des questions, n'hésitez pas à m'appeler.

— J'en ai encore une à vous poser : Une fois qu'il sera rentré, pourra-t-il conduire ?

— Nous n'en savons rien, mais je suis certain que vous vous en rendrez compte par vous-même. Une fois de plus, laissez-le en décider.

— Très bien. Bonne nuit, docteur. Merci pour tout ce que vous faites.

Elle le raccompagna à la porte avant de se précipiter dans la chambre.

— Salut ! Je suis de retour.

Rini la contempla d'un air qui la fit frémir.

— J'ai cru que tu ne reviendrais jamais, dit-il sur un ton qui la convainquit qu'elle lui avait vraiment manqué.

Elle poussa le lit d'appoint tout près du sien.

— Puis-je allumer la télé ?

— Nous avions l'habitude de la regarder ?

— De temps en temps. Le journal ou un film. Ça te plairait ? On peut choisir un film facile à suivre même si on ne comprend pas les dialogues.

Les yeux gris de Rini la fixèrent d'un air évaluateur qui lui fit battre le cœur au point qu'elle dut reprendre son souffle.

— Je préférerais qu'on bavarde ou que tu me racontes ce que t'a dit le Dr Romano.

Qu'est-ce qui l'inquiétait ? Elle s'agenouilla sur son lit pour lui faire face. Il s'étendit sur le côté, la tête tournée vers elle, sans la quitter des yeux.

— Tu veux d'abord les bonnes nouvelles ou les mauvaises ?

— Que suis-je censé répondre ?

Sa main s'était crispée sur le drap. Elle n'aurait pas dû lui dire ça. Il était trop inquiet.

Elle s'assit sur son lit.

— Rini, je plaisantais ! Tout va bien. Tu pourras rentrer jeudi.

— Pas plus tôt ? répondit-il d'un air absent, visiblement déçu.

— Encore deux jours seulement, pour terminer les examens.

— Je pourrai faire ce que je voudrai ? Même prendre l'avion ?

— Tu veux dire voyager en jet ?

— Non, aller en hélicoptère à Rezana pour remercier ce policier de t'avoir écoutée et aidée à me retrouver.

— Nous irons ensemble. Et nous remercierons aussi le médecin et les soignants.

Elle admirait son mari de vouloir récompenser les gens qui l'avaient aidé. Même s'il l'ignorait encore, la communauté de la mine reconnaissait et appréciait son humanité.

— Peut-être pourrais-tu en parler à ton grand-père pour qu'il trouve un moyen significatif de témoigner sa reconnaissance au Dr Miakar.

— C'est une excellente idée.

De plus en plus, elle retrouvait l'homme qu'elle avait connu, si attentif aux autres.

— J'aimerais t'accompagner là-bas.

— Je n'irai nulle part sans toi, Luna.

Il avait l'air sincère, mais n'était-ce pas seulement parce qu'elle était son seul moyen de communiquer ?

— Rini, peux-tu demander demain au Dr Romano s'il t'autorise à monter dans un avion ou un hélicoptère ?

— D'accord. Et il faut absolument que j'apprenne l'italien pour pouvoir lui parler.

— C'est vrai. Je vais te donner une première leçon tout de suite si tu veux. Le romanche ressemble beaucoup à l'italien, ça te reviendra vite.

L'italien, sa langue maternelle, n'avait pas pu disparaître totalement de son cerveau.

— Vas-y, teste-moi.

— Commençons par des mots simples. *Ciao,* ça veut dire salut.

Il répéta avec un accent parfait.

— *Bene* signifie bien ou bon.

— *Bene.*

— Et maintenant, *buongiorno,* bonjour.

Il répéta parfaitement.

— *Excellente,* Rini. Deux phrases maintenant. *Come va* ? Comment vas-tu.

— *Come va ?* répéta-t-il plusieurs fois.

— Bravo !

— Tu es sûre de ne pas être institutrice ? dit-il en souriant.

— Complètement sûre.

— Dommage, tu es très douée.

Cette remarque lui alla droit au cœur.

— Continuons. Quand on te pose cette question, tu peux répondre : *E tu ?* Ça veut dire : Et toi ?

— *E tu ?*

— Tu es un merveilleux perroquet.

Pour la première fois depuis qu'elle l'avait retrouvé, il éclata de rire. Un moment magique.

— Très bien. Et maintenant, notre première conversation. *Ciao,* Rini Baldasseri.

— *Ciao,* Luna Baldasseri.

— *Come va ?*

— *Bene. E tu ?*

— *Bene*

— C'était *perfetto,* dit-elle en applaudissant des deux mains. On aurait dit un Italien. Passons vite au deuxième cours de conversation.

— C'est moi qui commence. *Buongiorno,* Luna Baldasseri.

— *Buongiorno*, Rinieri Francesco Baldasseri.

— « Rinieri », d'où vient ce nom ?

— Tu l'as reçu en l'honneur de ton arrière-grand-père, Rinieri Umberto Baldasseri.

— Et toi, quel est ton nom complet ?

— Luna Biancho-Baldasseri. Et nous allons terminer cette leçon en nous souhaitant bonne nuit : *buona notte.*

— *Buona notte,* mais je n'ai pas encore sommeil.

— Je suis certaine que tu es épuisé, même si tu ne t'en rends pas compte. En tout cas, moi, je le suis.

— *Buona notte,* Luna.

— *Buona notte, tesoro mio.*

— Qu'est-ce que tu as dit ?

Elle se sentit rougir. Mais le Dr Tullia lui avait demandé d'agir selon son instinct.

— *Tesoro mio.* Une expression que j'employais souvent avec toi.

— Qu'est-ce qu'elle signifie ?

— Mon trésor.

— Redis-le.

— *Tesoro mio.*

— Et moi, comment je t'appelais ?

— *Pulcina mia,* mon poussin.

— Comment dit-on merci ?

— *Grazie.*

— *Grazie, pulcina mia. Buona notte.*

— Je me demande si tu ne joues pas la comédie. En t'entendant, personne ne pourrait croire que tu as oublié l'italien. Avant qu'on se marie, ton grand-père m'a prise à part et m'a dit que tu étais l'homme le plus intelligent qu'il ait jamais connu. Quand tu règneras, tu seras le plus grand roi de San Vitano.

Rini émit un grognement.

— Je ne sais pas ce que l'avenir me réserve, mais j'aimerais mieux mourir que devoir être roi.

Elle enfouit le visage dans son oreiller pour étouffer un gémissement.

Comment pouvait-il dire une chose pareille ? Durant leur mariage, jamais il n'avait exprimé de regret d'être né dans une famille royale. Il adorait son grand-père, il l'admirait. Il faisait la part de ses obligations princières et de son métier d'ingénieur des mines sans jamais se plaindre ni laisser ces activités empiéter sur leur vie privée.

Une seule fois, elle avait regretté qu'il la quitte pour aller travailler : le jour du séisme. Sur le moment, elle s'était trouvée trop intrusive, et elle frémit au souvenir de l'horreur qu'elle avait ressentie à l'imaginer enseveli sous les décombres.

Elle ne devait plus y penser. Rini était là à côté d'elle, bien vivant, et dans deux jours elle le ramènerait chez eux.

Le jeudi matin, en se réveillant, Luna remarqua que Rini dormait encore.

Rien d'étonnant, car lors des deux nuits précédentes, il s'était levé plusieurs fois, en proie à des insomnies et des cauchemars.

Prenant garde à ne pas faire de bruit, elle alla s'habiller dans la salle de bains avant d'appeler un taxi et d'avertir une infirmière qu'elle s'absentait.

— À quelle heure dois-je revenir chercher mon mari pour le ramener à la maison ?

— À 10 heures. Attendez-le devant l'entrée des urgences.

— Très bien.

Durant le trajet, elle appela Antonia et Leonardo pour les prévenir. Elle était restée en contact avec eux quotidiennement, mais elle ne leur avait pas proposé de venir voir Rini. C'était à lui d'exprimer ce désir.

Quelques minutes plus tard, elle arrivait au *palazzo,* où elle s'empressa d'avertir l'intendante.

— Viola ? Rini va rentrer ce matin.

Celle-ci eut un grand sourire.

— À San Vitano, tout le monde sait déjà qu'il est vivant et de retour. C'est un jour de fête. Le standard de la mairie est débordé, tellement il y a d'appels.

— Je n'en doute pas.

— Est-ce qu'il souffre toujours d'amnésie ?

— Oui, mais je lui ai déjà parlé de vous et de Mateo. Pouvez-vous demander à votre mari de me rendre un service ? Il faudrait qu'il aille dans une pharmacie acheter des boissons protéinées. Rini a besoin d'absorber des calories pour reprendre du poids. Votre bonne cuisine l'y aidera aussi.

— Je vais tout de suite en parler à Mateo. Ce sera fait.

— Vous êtes un ange ! Je vais prendre une douche et me changer, puis j'irai moi-même le chercher avec sa voiture.

Elle monta à l'étage, tout excitée à la perspective de ramener bientôt son cher mari à la maison. Après s'être douchée et séché les cheveux, elle se maquilla légèrement.

Le dimanche précédent, elle était pâle comme une morte, mais ce matin ses joues étaient roses de plaisir. Un peu de mascara, une touche de son rouge à lèvres favori, et elle fut prête.

Dans son dressing, elle choisit un ensemble à manches courtes que Rini aimait bien. D'après lui, les rayures de la veste étaient exactement de la couleur de ses yeux. Elle enfila des sandales blanches assorties à la jupe et compléta le tout par les boucles d'oreilles vertes en péridot qu'il lui avait offertes au bout du premier mois de leur rencontre. Il aurait beau ne plus s'en souvenir, elle tenait à faire tout son possible pour lui plaire.

À 9 heures et demie à peine, elle se dirigea vers le parking situé derrière le *palazzo*. À la simple pensée qu'elle allait bientôt le ramener chez eux, elle sentait son cœur s'arrêter de battre. Toutefois, en chemin, elle s'arrêta dans une boutique pour lui acheter un nouveau téléphone portable et y installer une appli qui lui serait extrêmement utile et dont elle voulait lui faire la surprise le soir même, juste avant qu'ils aillent se coucher…

6.

Rini avait attendu le jeudi avec impatience, mais en se réveillant il s'aperçut que son adorable épouse avait disparu.

Où avait-elle bien pu se rendre un jour pareil ?

La veille au soir, avant de s'endormir, il avait imaginé la conversation qu'ils auraient tous les deux en se disant bonjour. Mais maintenant, il lui fallait attendre, et cela le contrariait.

Il fit son possible pour dissimuler sa déception. Lorsque l'équipe soignante eut fini de vérifier ses signes vitaux, et qu'il eut pris son petit déjeuner, il passa dans la salle de bains, où il découvrit une pile de vêtements que Luna avait préparée à son intention : une chemise bleu marine, un pantalon beige, une ceinture, et des sandales de cuir brun.

Enfin des vraies chaussures, après tant de jours passés en chaussons d'hôpital ! Comme l'avait dit le Dr Tullia, Luna était un ange, et il lui pardonna de l'avoir abandonné.

Après avoir pris une douche et s'être rasé, il s'habilla rapidement.

Un aide-soignant se présenta alors avec un fauteuil roulant, suivi du Dr Tullia.

— *Ciao, dottore.*

— *Ciao*, Rini, répondit le médecin avec un grand sourire.

— *Come va* ?

— *Molto bene. E tu* ? répondit le Dr Tullia, l'air surpris.

— *Bene.*

Comme c'était agréable de pouvoir communiquer directement

avec son entourage ! Luna était un bon professeur, sinon le médecin ne lui aurait pas souri de cette façon.

Rini s'installa dans le fauteuil roulant tandis que l'aide-soignant prenait la valise qui contenait ses quelques affaires, et tous trois quittèrent la chambre.

— *Buongiorno !* s'écria-t-il en passant devant le bureau des infirmières, qui lui répondirent en chœur avant d'applaudir et de crier bravo.

— *Grazie.*

Le médecin le poussa jusqu'à l'ascenseur, puis à travers le hall. En lisant l'inscription *Ingresso di Emergenza* il se dit une fois de plus qu'il lui fallait accélérer son apprentissage de l'italien. Oral et écrit.

En approchant de la porte, il sentit son pouls s'accélérer. Où pouvait être Luna ? Soudain, il vit s'avancer un coupé noir. Une blonde superbe en descendit et se dirigea vers lui dans un rayon de soleil.

Luna !

Son cœur se mit à battre encore plus fort.

Sa jupe blanche mettait en valeur ses jambes magnifiques, d'une rare élégance. Elle portait de jolies boucles d'oreilles vertes qui soulignaient ses traits exquis, mais dont la couleur ne pouvait rivaliser avec celle de ses yeux.

— *Ciao, tesoro mio.*

Il sentit tout son corps frémir. Comment pouvait-elle être aussi belle ? Rien d'étonnant à ce qu'il l'ait demandée en mariage une semaine à peine après leur première rencontre.

— Rini ? lui dit-elle d'une voix inquiète. *Come va ?*

Il était si submergé d'amour qu'il resta muet un instant.

— *Bene,* maintenant que tu es là. Je ne t'ai pas entendue sortir ce matin.

— Tu dormais profondément. Je n'ai pas voulu te réveiller.

Elle sourit au Dr Tullia et le remercia ainsi que l'aide-soignant avant d'appuyer sur la télécommande pour ouvrir le coffre de la voiture. Lorsqu'on y eut rangé la valise, elle se tourna vers Rini.

— Es-tu prêt à rentrer chez toi ? lui demanda-t-elle en romanche.

— Je n'ai qu'une idée en tête, me retrouver seul avec toi.

— J'en suis ravie, parce que moi aussi…

Elle lui ouvrit la portière du passager, et il s'installa dans le coupé dont le Dr Tullia referma la porte. Luna remercia les deux hommes et prit le volant. Il remarqua qu'elle conduisait très lentement.

— Il y a plusieurs voitures qui nous suivent de près, remarqua-t-il.

— La sécurité. En tant que prince héritier, tu es protégé en permanence par des gardes du corps. Il va falloir t'y réhabituer.

Jamais.

— Ta voiture te plaît ? Si tu préfères conduire, on peut changer de place.

— Je préfère que tu gardes le volant. Comme ça, je peux regarder le paysage.

En réalité, c'était elle qu'il regardait.

— Tu veux faire le tour de la ville ? Voir le palais royal ?

— Je préfère rentrer directement chez nous.

— Très bien. Viola nous a préparé à déjeuner. Telle que je la connais, ce sera ta pizza préférée et un *pasticciotto* maison. C'est un gâteau à la crème. Un pur délice.

— C'est le but. Reprendre du poids, dit-il en contemplant l'adorable profil de sa femme. *Grazie* pour les vêtements.

— *Prego*. C'est pour te souhaiter la bienvenue.

— *Prego… prego… prego…*, répéta-t-il. Qu'est-ce que je porte ?

— Une *camicia* bleu marine, un *pantaloni*, et aux pieds, des *sandali*.

Il répéta plusieurs fois chacun de ces mots nouveaux. Et elle lui sourit.

— Tu es de retour dans ton univers, Rini, même si tu ne le reconnais pas.

— Tu ne peux pas savoir comme ça fait du bien d'être libre. Mais il faut que je puisse communiquer. Pourras-tu me faire travailler mon italien aujourd'hui ?

— Tout de suite, et aussi longtemps que tu voudras, dit-elle en prenant un virage au flanc d'une colline verdoyante.

Au sommet, il aperçut un petit château couleur pêche. Ils suivirent ensuite une allée avant de s'arrêter à l'arrière de la maison près de deux autres voitures. Au-delà se trouvait un verger plein d'arbres fruitiers.

— C'est notre *palazzo* ?

— Lorsque tu m'as amenée ici pour la première fois, j'ai dû avoir l'air aussi surpris que toi. Il a été construit au XVIIIe siècle.

Il n'arrivait pas à réaliser que c'était réellement sa maison.

— Il doit avoir au moins cinquante pièces !

— Seulement une bonne vingtaine. Viola et Mateo ont leur appartement au premier.

— Et notre chambre, elle est où ?

— Nous avons une suite au deuxième étage.

— J'aimerais bien la voir.

Il sortit de la voiture et fit quelques pas dans la cour en l'attendant. Elle le rejoignit et ouvrit le coffre. De son bras indemne, il prit la valise et le referma. En entendant des voix, il se retourna et aperçut un homme et une femme entre deux âges. Comprenant qui ils étaient, il s'adressa à eux en italien. Ils le saluèrent, les larmes aux yeux.

— Luna ? Dis-leur que je porterai moi-même ma valise dans notre chambre.

Après leur avoir brièvement parlé, elle se tourna vers lui.

— Allons nous installer. Viola nous servira à déjeuner dans la salle à manger dès que nous serons prêts.

Il suivit sa femme dans le hall. Elle désigna la cuisine et la buanderie sur la gauche, les bureaux sur la droite. Puis elle traversa la pièce en direction d'un salon élégamment décoré : tableaux, miroirs, plafonds ornés de fresques, lustres et parquet. Mais en montant l'escalier, il préféra laisser son regard s'attarder sur les courbes de sa femme que sur les œuvres d'art exposées.

Arrivée au second étage, elle tourna à droite et ouvrit la haute porte lambrissée de leur suite.

Un autre monde, au décor très moderne : murs blancs, salon meublé de canapés confortables, d'une télé, bureau dernier cri, et salle de bains.

Il entra dans la chambre, décorée en jaune et bleu avec un vaste lit et un gros bouquet de tournesols dans un vase. Sur une commode étaient posées des photos encadrées et sur les tables de nuit, des lampes jaunes. Aux fenêtres, des rideaux blancs laissaient entrer la lumière.

Il posa la valise sur le carrelage, déçu que cette chambre n'éveille en lui aucun souvenir.

Comment pouvait-il avoir oublié ce décor ?

— Alors, ton verdict ? s'enquit Luna d'une voix inquiète.

— Je serai heureux de vivre ici, répondit-il.

— J'en suis ravie, car c'est nous qui avons fait rénover ces pièces et choisi ensemble toute la décoration. C'est toi qui as eu l'idée du jaune et du bleu, et il s'est trouvé que ça me plaisait beaucoup à moi aussi.

Pendant qu'elle rangeait ses affaires de toilette dans la salle de bains, il ôta ses chaussures et s'allongea sur le lit.

— Tu vois, lui dit-elle en ressortant, on a fait faire un lit sur mesure pour que tu puisses y caser tes longues jambes et tes grands pieds.

— Si tu venais m'y rejoindre, on pourrait vérifier qu'il est assez large pour deux.

Elle ôta ses sandales, s'allongea à côté de lui et posa la tête au creux de son épaule.

— Dès que je t'ai vu à l'hôpital de Rezana, j'ai eu envie de me blottir contre toi, dit-elle en lui caressant la joue avant de poser les lèvres sur les siennes. Tu ne peux pas savoir comme j'attendais ce moment. Maintenant que j'ai retrouvé mon mari chéri, jamais plus je ne le perdrai de vue.

Elle le prit dans ses bras tandis qu'il effleurait de sa bouche son front, ses joues et ses paupières, explorant chaque centimètre de ce visage qu'il adorait.

— Rini…, souffla-t-elle en cherchant ses lèvres.

Dès qu'elle les eut trouvées, elle s'ouvrit à lui, et il se sentit déborder tout entier d'un irrésistible désir.

Mais elle avait beau être légalement son épouse, pour lui elle restait une rencontre toute récente, et une angoisse l'étreignit. Tout allait trop vite avec cette femme dont il ne se souvenait pas et qui l'accueillait si chaleureusement. Il n'arrivait pas à croire qu'elle puisse l'aimer tout en sachant qu'il ne gardait aucun souvenir d'elle. De nouveau, il redouta qu'elle ne fasse comme si tout allait bien par pitié.

Le Dr Tullia lui avait conseillé d'en parler avec elle…

Après un instant d'hésitation, il roula sur le côté et se releva.

Luna s'assit, visiblement déroutée.

— Excuse-moi, Rini. Cela ne t'a pas plu que je te prenne dans mes bras ?

— Bien sûr que si, répondit-il, confus, en se passant la main sur le visage. J'ai très envie de t'embrasser, mais…

— Mais quoi ?

— Il faut que je te pose une question.

Il la sentit se crisper.

— Vas-y. Tout ce que tu voudras.

— Est-ce que je ne te fais pas pitié ? Si c'est pour cette raison que tu es si gentille, sache que c'est la dernière chose que j'attends de toi.

— Oh ! Rini ! Dès l'instant où je t'ai vu, complètement assommé par les médicaments sur ton lit d'hôpital, j'ai eu envie de me blottir entre tes bras, répondit-elle en se levant à son tour. Tu ne peux pas savoir à quel point tu m'as manqué. Et si je me suis montrée trop tendre avec toi tout à l'heure, c'est parce que je suis folle de joie à la pensée que tu es en vie. Jamais plus je ne veux m'éloigner de toi. Pourtant, je le comprends, il faut d'abord que tu réapprennes à me faire confiance avant que nous puissions avoir de nouveau des relations intimes.

— Je te fais totalement confiance.

— En apparence seulement. Mais il est clair que l'intimité conjugale que nous partagions va mettre un certain temps à revenir. Alors, restons-en là pour le moment. Si nous allions nous rafraîchir un peu avant de descendre déjeuner ?

Il enfouit la main dans sa poche et serra le poing.

— Je t'ai blessée, n'est-ce pas ?

— Mais non, dit-elle en relevant la tête. Tu t'es simplement montré honnête envers moi, et je t'en remercie. Entre nous, il n'y a rien de plus important.

Elle avait entièrement raison.

— C'est vrai, Luna. Peux-tu me faire encore la faveur de demander à mon grand-père si nous pouvons passer le voir cet après-midi ?

— Bien sûr ! Il sera ravi, et ta grand-mère aussi. Je vais les appeler tout de suite.

Les paroles du Dr Tullia tournaient dans la tête de Luna.

« Dites et faites exactement ce que vous dicte votre instinct et continuez à être vous-même. Avec le temps, vous saurez s'il a l'impression que vous l'inhibez... Votre mari a un caractère entier, il ne garde pas ses convictions pour lui. Je ne vois pas pourquoi il aurait changé. »

Le Dr Tullia savait de quoi il parlait.

Elle avait grimpé sur le lit et s'était jetée dans ses bras sans hésiter. Elle avait très envie de faire l'amour avec lui, la pitié n'était pas du tout à l'ordre du jour, et quand il s'était écarté d'elle, elle avait éprouvé une terrible déception. Oui, Rini l'avait blessée, mais ce n'était pas sa faute.

Après un bref passage à la salle de bains, elle prit son téléphone, appela le palais et demanda à parler à Antonia, qui fondit en larmes en apprenant que Rini souhaitait leur rendre visite le jour même.

Lorsqu'elle rejoignit Rini dans leur chambre, il fit comme si de rien n'était, et ils descendirent ensemble déjeuner dans la salle à manger.

Viola s'était surpassée, et ses efforts furent récompensés, car Rini mangea de tout. Leur repas terminé, Luna prit le volant, et ils se rendirent tous deux au palais royal, un bâtiment ocre du XVIIIe siècle plus vaste que le palazzo. En route, elle lui enseigna encore quelques mots d'italien.

Après s'être garés, ils montèrent directement au deuxième étage où les grands-parents de Rini les attendaient.

Malgré son vocabulaire limité, celui-ci réussit à les saluer en italien.

— Oh ! Rini ! s'écria Antonia, folle de joie. Bravo. Tu ne peux pas savoir comme c'est merveilleux de te voir entrer ici. Je sais que tu ne me reconnais pas, mais pouvons-nous te serrer dans nos bras ?

Luna traduisit.

— *Si*, répondit-il sans la quitter du regard.

Les yeux humides de larmes, sa grand-mère et son grand-père l'étreignirent, puis ils le guidèrent vers le salon.

— Pendant le trajet, dit Luna aux grands-parents de son mari, Rini m'a dit qu'il voulait retourner en hélicoptère à Rezana pour remercier le policier qui nous a aidés. Cela peut-il s'organiser dès demain ? Il veut aussi faire un don au Dr Miakar pour l'hôpital, ajouta-t-elle après avoir traduit la réponse positive de Leonardo.

— Je vais m'en occuper aujourd'hui même.

— *Grazie mille, nonno mio*, s'écria Rini, lorsqu'elle lui eut traduit cette réponse, tout heureux d'utiliser les mots nouveaux qu'il avait appris.

Son grand-père se leva pour le serrer dans ses bras.

— Toute la famille a hâte de te revoir, intervint sa grand-mère. Es-tu prêt à les rencontrer ?

— Sûrement, mais pas tout de suite, répondit-il d'une voix hésitante.

— Très bien. Je vais leur dire que nous l'envisagerons après ton check-up, dans une semaine.

Rini acquiesça, visiblement soulagé.

— Tu as envie de te promener dans le palais ou dans les jardins ?

— Une autre fois, peut-être.

— Rini est fatigué, expliqua Luna à la grand-mère. Nous reviendrons vous voir dans quelques jours. Pour le moment, nous allons reprendre la voiture pour rentrer chez nous.

Rini se leva pour dire au revoir à ses grands-parents, qui les accompagnèrent à l'extérieur.

— Si ça ne te gêne pas, j'aimerais bien prendre le volant.

— Au contraire, j'espérais que tu en aurais envie, répondit-elle, heureuse de constater qu'il se sentait prêt à conduire.

Comme l'avait dit le Dr Romano, c'était à lui de décider.

Elle sortit le bip de son sac et le lui tendit. Après avoir déverrouillé les portes, il l'aida à monter avant de s'installer devant le volant et d'ajuster le siège à la longueur de ses jambes.

Rini réapprenait vite. En la regardant manœuvrer, il s'était souvenu de ce qu'il fallait faire. Son amnésie n'avait pas amoindri ses capacités et, comme toujours, il conduisait assez vite. Il fit le tour de la ville, ce qui inquiéta certainement l'équipage chargé de sa sécurité. Curieusement, il savait très bien où il allait, et il n'eut aucun mal à retrouver le *palazzo* au flanc de la colline, avant de se garer sans difficulté à l'arrière du bâtiment.

— J'ai longuement réfléchi au cadeau que je pourrais faire à Zigo, dit-il en se tournant vers Luna. C'est grâce à lui que j'ai pu rentrer chez nous.

— C'est vrai. Jamais nous ne l'en remercierons assez.

— Que dirais-tu de nous rendre à la mine aujourd'hui avec cette voiture ? Ensuite, nous irons à Rezana pour la lui offrir.

— Tu veux parler de la voiture que tu es en train de conduire ?

— Pourquoi pas ? Après tout, c'est moi qui l'ai payée de ma poche.

Elle sentit son cœur se gonfler d'amour pour lui.

— Tu as raison. Il ne se rend pas compte de ce qu'il a fait pour toi. Quand il la verra, il n'en croira pas ses yeux, et je peux te jurer qu'il n'y en a pas de pareille dans tout Rezana.

— Nous rentrerons à San Vitano en hélicoptère.

— Mais oui ! Ton grand-père se chargera d'organiser notre retour.

Le regard de Rini s'éclaira. Il ressemblait de plus en plus à l'homme dont elle était tombée follement amoureuse.

Quand ils revinrent au *palazzo*, Viola les y accueillit en brandissant une bouteille de boisson protéinée.

— Elle pense que tu dois avoir très faim, expliqua Luna. Le dîner sera servi à 19 heures.

Il acquiesça et emporta la boisson à l'étage, où il la but entièrement.

— Ce n'est pas mauvais, reconnut-il.

— Tu vas avoir besoin du titre de propriété du véhicule qui se trouve parmi tes papiers, dit-elle en tirant une enveloppe d'un classeur de rangement. Heureusement, tu as toujours été très ordonné. Tu le donneras à Zigo pour qu'il le signe, et ce sera fait.

En relevant la tête, elle s'aperçut qu'il la fixait d'un regard plein de désir.

— Que ferais-je sans toi ?

Elle ne put s'empêcher de lui sauter au cou et de l'embrasser passionnément.

— Jamais tu n'auras à te poser cette question, affirma-t-elle.

Il la suivit dans leur chambre sans se presser, l'air un peu contrarié.

— Il y a quelque chose qui ne va pas ?

— Luna… Ça me gêne d'être incapable de parler italien et d'avoir à t'imposer de me l'enseigner. Ça ne doit pas être drôle pour toi.

— « Drôle », là n'est pas la question. Si tu n'avais pas accepté que je t'aide, ça m'aurait vraiment vexée, mais je m'imagine très bien à quel point tu dois être frustré. C'est d'ailleurs pour cette raison que je t'ai acheté une surprise.

— Je peux la voir tout de suite ?

Son mari chéri, toujours aussi impatient !

— Je ne sais pas, dit-elle avec un sourire espiègle. Tu ne peux pas attendre ?

— Non.

Elle éclata de rire.

— Je le savais.

— Je suis si transparent que ça ?

— Oui, d'une certaine façon.

— Alors, tu as un avantage sur moi, répondit-il d'un air sérieux.

Elle avait beau tenter d'abattre la barrière qui s'était élevée entre eux, impossible d'y parvenir totalement.

Elle ouvrit son sac et en tira le nouveau téléphone de Rini.

— Regarde. Je vais te montrer une appli.

Ils s'assirent sur le lit.

— Elle va te permettre d'apprendre l'italien. Elle est en romanche et comporte différents thèmes de conversation. Tu n'as qu'à répéter les phrases enregistrées en italien. Si tu as une insomnie cette nuit, tu pourras en profiter pour progresser.

Rini tourna vers elle son beau visage sombre.

— Comment sais-tu que je me réveille la nuit ?

— Depuis que je t'ai retrouvé, je ne t'ai pas quitté. Les deux dernières nuits à l'hôpital, tu t'es réveillé vers 3 heures. Tu t'es levé et tu t'es mis à arpenter la chambre avant de te remettre au lit. Tu avais dû faire un mauvais rêve. Alors, je me suis dit que cette appli pourrait t'aider.

— Est-ce que j'ai dit quelque chose pendant mes insomnies ? s'enquit-il d'une voix inquiète.

— Non.

— Excuse-moi, dit-il sur un ton désolé. Quand je t'ai demandé de dormir près de moi, je n'ai pas mesuré à quel point cela pouvait te perturber.

Elle se pencha pour l'embrasser sur la joue.

— Tu ne t'en souviens pas, mais trois mois après notre mariage, j'ai attrapé une mauvaise grippe, et j'ai dû être hospitalisée. Tu es resté nuit et jour à mes côtés, et quand je suis rentrée à la maison, tu m'as veillée pendant une semaine. Jamais je ne pourrai me montrer à la hauteur de l'amour que tu m'as témoigné. Si tu ne me crois pas, demande à tes grands-parents. Durant huit jours, tu n'es pas allé travailler.

— Tu as donc failli mourir ?

— Bien sûr que non ! Tiens, appuie sur ce bouton et écoute.

Il s'exécuta et écouta, bouche bée, la traduction en italien du dialogue qu'ils venaient d'avoir.

— Si j'avais eu cette appli à Rezana, j'aurais pu en partir le jour même !

Elle le prit par les épaules.

— Ça me tue d'imaginer tout ce que tu as dû endurer.

Il posa le téléphone sur la table de nuit et la prit dans ses bras.

— Je suis si heureux que tu ne m'aies pas laissé tomber ! Si tu n'avais pas parlé à ce policier et si tu n'étais pas venue à l'hôpital…

Il enfouit son visage contre sa poitrine, et ils s'étreignirent. Elle avait enfin l'impression qu'ils réussissaient à communiquer, et même qu'ils communiaient. Il ne la repoussait plus. La bouche de Rini trouva la sienne.

— Merci de m'avoir fait ce cadeau, ma chérie. Il me réconfortera aux heures sombres de la nuit.

— N'oublie pas que je serai auprès de toi.

— Puisque nous sommes allongés sur ce lit, si nous en

profitions un peu, *pulcina mia*, chuchota-t-il en la serrant dans ses bras.

Cela faisait des jours qu'elle en mourait d'envie.

— Attention à ta blessure.

— Elle commence à bien cicatriser.

Mais à peine avait-il prononcé ces mots que la sonnerie de son téléphone retentit.

— Ne réponds pas, murmura Rini contre ses lèvres.

— Je n'avais pas l'intention de le faire.

Elle l'embrassa passionnément, mais de nouveau le téléphone se mit à sonner. Puis une troisième fois encore.

— Il y a quelqu'un qui veut vraiment te parler.

— Tu as raison, je ferais mieux de répondre.

— Reviens vite, dit-il après l'avoir embrassée.

Elle se leva sans enthousiasme pour aller prendre le téléphone dans son sac posé sur la commode, avant de se remettre au lit et de regarder le nom de la personne qui l'avait appelée.

Rini la fixait de ses yeux gris au regard pénétrant.

— C'est ton grand-père. Je suis certaine que c'est au sujet de notre projet de demain, dit-elle en appuyant sur l'icône d'appel.

En fait, c'était Antonia, qui lui transmit le message de Leonardo : À 14 heures, ils retrouveraient Carlo Bruni au commissariat de police de Rezana, et à 15 heures il les ramènerait à San Vitano.

Après avoir raccroché, elle finissait de transmettre ces précisions à Rini, quand la sonnerie du téléphone retentit de nouveau.

C'était Viola.

— Notre dîner est prêt, dit-elle à Rini après avoir raccroché.

— Tu as faim ?

Non, elle n'avait pas faim, mais elle n'osait pas le lui dire. Bien qu'elle meure d'envie de se mettre au lit avec lui, elle ne voulait pas lui donner l'impression d'être trop pressée. Elle était totalement à sa disposition, parce qu'elle l'aimait et qu'elle était sa femme. Mais pour lui, même s'il la trouvait attirante, elle était encore une étrangère, elle ne pouvait lui inspirer aucun sentiment.

— Oui, répondit-elle. J'adore tout ce que cuisine Viola. Viens, nous devons organiser notre voyage de demain, il faudra partir de bonne heure.

Était-ce la bonne réponse ? Elle n'en savait rien. Le Dr Tullia avait déclaré que Rini avait beaucoup d'assurance. Alors, s'il n'avait pas envie de dîner, il pouvait très bien lui dire qu'il préférait rester avec elle.

Quand elle se dirigea vers la porte, il ne la rappela pas et ne chercha pas à la rattraper.

Pour le moment, elle avait la réponse, mais que se passerait-il ce soir, au moment de se coucher ? Ce serait la première nuit qu'ils passeraient vraiment seuls, comme mari et femme, depuis le séisme…

7.

Rini suivit Luna hors de leur suite et descendit l'escalier tout en regrettant qu'elle ait si faim. Elle ne se rendait certainement pas compte à quel point il avait hâte de se retrouver seul avec elle pour qu'ils puissent profiter l'un de l'autre comme il en rêvait.

Même s'il était désormais convaincu qu'il ne lui faisait pas pitié, il s'était peut-être leurré en pensant qu'elle avait envie de faire l'amour avec lui. Il ne supportait pas l'idée qu'elle lui joue la comédie pour qu'il croie qu'elle aimait encore ce pauvre mari qui avait perdu la mémoire. Il avait beau avoir l'apparence de l'homme qu'elle avait épousé, au fond de son cœur, il savait bien qu'il était un étranger pour elle.

Et elle aussi restait encore pour lui une étrangère. Même s'il avait du mal à l'admettre, il était gêné à l'idée de faire l'amour avec une femme qu'il ne reconnaissait pas. Il ne se souvenait pas de l'homme qu'il avait été, mais il lui semblait indécent de la pousser si vite dans son lit. Pas elle. Pas cette femme si dévouée qui l'avait sauvé de la mort. Elle méritait qu'il la respecte durant cette période où ils devaient réapprendre à se connaître.

Tandis qu'ils commençaient à dîner, il prit une décision : ces prochains jours, au lieu de s'efforcer de retrouver une forme normale d'intimité conjugale, il allait se concentrer sur l'apprentissage de l'italien et ses projets professionnels.

Ils décidèrent de partir très tôt le lendemain matin pour la mine, à 6 heures et demie, et de prendre leur petit déjeuner en route avant de continuer jusqu'à Rezana.

Après avoir remercié Viola pour ce délicieux dîner couronné par deux desserts différents qu'il aimait, il demanda à Luna de l'excuser parce qu'il devait travailler un moment sur son ordinateur.

— Il faut que je me familiarise à nouveau avec la mine et les cartes.

— C'est une excellente idée. Et n'oublie pas, en te couchant, l'appli qui peut t'aider à progresser en italien si tu as des insomnies.

— Je n'ai pas oublié ton cadeau, Luna, et cela fait toute la différence.

Sans céder à sa terrible envie de l'embrasser dans le cou, il quitta la table pour monter à l'étage.

Quand il avait dit à Luna qu'il préférait se retirer un moment dans son bureau, elle avait paru enchantée. Il s'était donc comporté comme elle l'attendait. S'il le lui avait proposé, sans doute aurait-elle accompli sans protester le devoir conjugal, mais il tenait à ce qu'elle le désire à nouveau comme sur cette photo d'eux à laquelle il pensait sans cesse : deux amoureux follement épris.

Pourvu qu'ils s'aiment de nouveau ainsi un jour !

Deux heures plus tard, il se glissa dans la salle de bains pour prendre une douche et se raser.

Luna dormait couchée sur le côté, vêtue d'une chemise de nuit, et il fut content de voir qu'elle n'avait pas remis sa tenue de jogging.

À sa grande surprise, il ne se réveilla le lendemain matin qu'en l'entendant prendre sa douche, et il profita de son absence pour passer un pantalon de toile et un polo. Il alla ensuite dans le bureau transférer dans une sacoche les plans et les graphiques qu'il avait imprimés la veille, ainsi que le titre de propriété de la voiture. Il était prêt.

Luna revint dans la chambre vêtue d'un chemisier imprimé à manches courtes et d'un pantalon blanc, resplendissante.

Quelle que soit sa tenue, sa silhouette était toujours parfaite, et elle sentait divinement bon. Une beauté à couper le souffle.

— *Buongiorno, sposa mia. Sei bellissima.*

— *E tu, Rini, molto, molto bello*, répondit-elle en lui souriant de sa bouche sensuelle.

Il n'eut aucun mal à comprendre.

— *Grazie.*

— Je le pense vraiment. Tu es magnifique, rien à voir avec l'homme que Carlo et moi avons ramené à San Vitano. Et tu as beaucoup progressé en italien, bravo ! Je suis stupéfaite de voir à quelle vitesse tu récupères. Si tu parles aussi bien italien, jamais les employés de la mine ne vont croire que tu souffres d'amnésie, et Zigo non plus.

Il ne put s'empêcher de rire.

— J'ai mémorisé quelques paragraphes. Nous verrons bien comment ils réagiront. Et toi, tu es prête ? J'ai préparé les documents nécessaires, mais je n'ai pas un sou sur moi.

— Ne t'inquiète pas, j'ai tout ce qu'il faut. Après demain, nous irons faire des achats, et nous passerons à la banque. La journée s'annonce magnifique, dit-elle en regardant par la fenêtre. D'habitude, tu portes des lunettes de soleil. Si tu en veux, j'en ai rangé une paire dans le tiroir de droite de la commode.

— Je ne les avais pas vues.

— Elles doivent avoir glissé sous une chemise.

Il les y découvrit, les mit et se tourna vers Luna, qui le contempla d'un regard qui disait à quel point elle le trouvait attirant.

— Dans la voiture que tu as l'intention de donner à Zigo, tout le monde va te prendre pour un champion de Formule 1. Et quand tu arriveras au commissariat de Rezana, personne ne voudra croire que tu es l'homme qui était hospitalisé il y a quelques jours à peine.

— C'est à toi que je le dois, Luna. *Mi hai cambiato la vita.*

— Cela vaut aussi dans l'autre sens. Sache que dès que nous nous sommes rencontrés, tu as changé ma vie à moi aussi, répondit-elle d'une voix émue qui le toucha au cœur.

Curieusement, il ne mettait jamais en doute les souvenirs qu'elle évoquait.

— Allons-y.

Il ouvrit à Luna la portière du passager avant de déposer sa sacoche dans le coffre et de s'installer au volant.

— Hier soir, dit-elle tandis qu'il démarrait, j'ai demandé à Mateo d'aller faire le plein et un check-up. Il m'a assuré que tout va bien.

Une fois de plus, il constata que sa femme ne laissait rien au hasard.

— J'allais justement dire que nous devrions le faire avant de quitter la ville. Tu es vraiment étonnante !

— Merci. Je m'en souviendrai le jour où je ferai quelque chose qui ne te plaira pas.

— Est-ce réellement possible ?

— Bien sûr. Laisse-moi seulement un peu de temps. Nous sommes encore en pleine lune de miel, dit-elle avec une étincelle dans le regard.

Une lune de miel qui n'en était pas vraiment une, songea-t-il en franchissant la grille du *palazzo*. Ça ne pouvait pas durer.

— Rini, avant de rejoindre l'autoroute, cela ne t'ennuierait pas de passer par le siège de la compagnie minière Baldasseri, juste à côté du palais royal ? Cela fait un moment que je n'ai plus fait signe à Fabio, qui doit se demander si je suis encore vivante. Le matin, il est toujours à son bureau dès 7 heures.

Rini grimaça, piqué au vif. Il s'était tellement concentré sur lui-même et sur leur relation qu'il avait oublié qu'elle avait une vie professionnelle. Depuis qu'elle l'avait découvert à l'hôpital de Rezana, elle lui avait consacré tout son temps.

— Depuis quand n'es-tu plus retournée au travail ?

— Depuis la veille du jour où tu es parti pour la mine.

J'y ai juste fait un saut depuis, très rapidement. Mais tu n'as pas besoin de m'accompagner.

Il sentit ses mains se crisper sur le volant.

— Tu préfères que je ne vienne pas avec toi ?

Elle se pencha vers lui, et une mèche soyeuse lui effleura la joue.

— Rini, cela n'a aucune importance ! Si j'ai dit ça, c'est parce que je sais que tu as hâte d'arriver à la mine et que je ne veux pas te retarder. Fabio et toi, vous êtes amis. S'il te voit, il va forcément vouloir te parler. Mais oublie tout ça, je l'appellerai demain. C'est sans importance.

Cette réponse raisonnable le fit réfléchir.

— Bien sûr que c'est important ! Sinon, tu ne me l'aurais pas demandé. Allons-y.

Elle le guida jusqu'à un immeuble néoclassique qu'il observa avec intérêt.

Sa grand-mère lui avait proposé de lui faire faire le tour de la propriété, mais jusque-là il n'était pas d'humeur à apprécier quoi que ce soit en l'absence de Luna.

La nuit précédente, il avait décidé de laisser évoluer leur relation intime à son rythme naturel. Mais maintenant, en la regardant, il n'avait plus aucune envie d'attendre. En elle, tout excitait ses sens, et son désir était plus irrésistible que jamais.

Avant qu'il ait éteint le moteur sur l'aire de stationnement où étaient garées une douzaine de voitures, Luna avait déjà ouvert la portière pour sortir.

— Je reviens dans cinq minutes, je te le promets.

— Luna, prends ton temps, nous ne sommes pas pressés.

— Tu en es sûr ?

— Parfaitement.

En fait, il avait besoin de se calmer.

Elle referma la portière et remonta l'allée qui menait à la porte d'entrée de la compagnie.

Incapable de rester assis, il sortit à son tour pour jeter un coup d'œil à la ronde. Il n'arrivait pas à croire qu'il avait travaillé là jusqu'au jour du séisme. Cette propriété, le palais, l'immeuble de bureaux, rien ne lui semblait familier.

Il s'était adossé à la voiture et commençait à éprouver une certaine anxiété quand il vit ressortir Luna. Un homme avenant, brun, la tenait par le coude, et ils marchèrent ainsi jusqu'à lui. Ils riaient tous les deux et, en voyant l'attitude possessive du type en question, il sentit tout son corps se crisper.

— Rini, Fabio Machetto est ton ami et le directeur de la compagnie.

— *Buongiorno,* Fabio, *come va ?*

Fabio répondit quelque chose qu'il ne comprit pas, ce qui le frustra davantage encore.

Luna s'empressa de traduire :

— Fabio dit qu'il est enchanté de te revoir. Il a l'impression de rêver.

L'homme s'approcha de lui et le serra brièvement dans ses bras avant de se remettre à parler à Luna. Leur échange fut bref, et elle monta en voiture avant que Rini ait pu l'y aider. Fabio referma la portière et retourna dans l'immeuble.

Rini se pencha sur le volant et suivit les instructions du GPS. Dans l'habitacle, la tension était très perceptible.

— Rini, je suis désolée que Fabio m'ait raccompagnée à l'extérieur. Je lui avais demandé de ne pas le faire, mais il ne m'a pas entendue. Je sais, tu n'as pas dû apprécier qu'il se jette sur toi de cette façon, mais il ignorait que…

— Ce n'est pas le problème.

— Dans ce cas, où est le problème ?

Il respira à fond.

— C'est bien lui qui t'a embauchée, n'est-ce pas ? Est-ce qu'il t'a proposé de sortir avec lui ?

Elle ne répondit pas tout de suite.

— Une semaine après m'avoir embauchée, il m'a invitée à dîner, mais j'ai refusé parce qu'il ne m'attirait pas. Nous sommes amis, sans plus.

— Je ne suis pas certain qu'il ait bien compris le message.

— Qu'est-ce qui te fait dire ça ?

— Quand je vous ai vus sortir, je me suis dit qu'il était amoureux de toi.

— Mais non, c'est mon patron, rien de plus.

— Tu n'es pas un homme, et tu n'as donc pas perçu ce que moi j'ai deviné. Pauvre garçon ! Mais tu n'y es pour rien.

— Rini, tu es le seul homme de ma vie, le seul qui fasse battre mon cœur. Je suis tellement amoureuse de toi que c'en est ridicule ! ajouta-t-elle en riant. Je peux arrêter de travailler, et même, si tu veux savoir la vérité, je préférerais rester à la maison avec toi à plein temps et t'enseigner l'italien. Après t'avoir perdu ou presque, je veux désormais passer toute ma vie avec toi. Tu n'as qu'un mot à dire, et j'envoie ma lettre de démission dès demain.

— Vraiment ? s'enquit-il, ravi de sa réaction.

— Oui. Quand on s'est mariés, je ne voulais pas être une épouse oisive, alors je t'ai dit que je préférais travailler. Mais je n'ai jamais prévu de continuer si nous fondions une famille.

— Et ton travail ne te manquera pas ?

— Enseigner une langue à son mari, c'est aussi un travail. Je veux t'accompagner pas à pas pour t'aider à remettre de l'ordre dans ton univers, petit à petit.

— Il faut réfléchir, Luna. Je ne veux pas que tu prennes une décision que tu risquerais de regretter ensuite. La prochaine fois que je verrai le Dr Tullia, il faudrait que j'aborde le sujet.

Luna se tourna vers lui et le fixa de ses grands yeux verts.

— De toute façon, c'est toi qui risques de regretter d'avoir à supporter ta femme vingt-quatre heures sur vingt-quatre.

Si elle savait !

Luna ferma les yeux un instant.

Rini était-il jaloux de Fabio ? Dans ce cas, cela signifierait qu'il commençait à s'intéresser à elle.

En une seconde, sachant ce qu'il désirait, elle avait pris la décision de quitter son travail. Mais en réalité, il ne le lui avait pas demandé. Était-ce à ce problème qu'il voulait réfléchir ? Elle s'était promis de ne jamais chercher à l'influencer. Qu'en penserait le Dr Tullia ? Peut-être ferait-elle bien de l'appeler pour lui demander son avis ?

À mi-chemin de la mine, ils arrivèrent à un village où ils prirent leur petit déjeuner : *caffe al vetro,* et d'énormes croissants qui fondaient dans la bouche. Rini en mangea quatre, tartinés de beurre et de confiture de prunes. À un moment, il recueillit un peu de confiture au coin de la bouche de Luna et le mangea. Il avait visiblement de plus en plus de mal à ne pas la toucher.

Avant de quitter la *trattoria*, il acheta une demi-douzaine de croissants pour les apporter à Zigo. Entre eux, la tension s'était dissipée, et elle en était ravie.

Juste avant la frontière slovène, ils traversèrent une zone de forêts et de vastes champs verdoyants. Quand ils approchèrent de la mine située sur une hauteur, Rini regarda Luna.

— Tu as perdu ton sourire, remarqua-t-il. Tout va bien ?

— Oui et non. Je suis triste de penser que sept mineurs sont enterrés ici, alors que moi, j'ai retrouvé mon mari.

— Je ne me souviens pas d'eux, mais je suis aussi horrifié que toi à cette idée.

— Oh ! Rini ! s'écria-t-elle en lui prenant le bras, je n'aurais pas dû te le rappeler !

— Tu as bien fait, dit-il en lui caressant la main. Dans quelques minutes, je vais rencontrer les dirigeants de la mine. Tous ceux qui y travaillent ont dû perdre un collègue ou un ami.

Une fois de plus, elle se dit qu'elle adorait son mari.

— Ils savent que tu étais dans la mine au moment du tremblement de terre, et ils seront heureux de te revoir vivant et en bonne santé.

— Reste avec moi, je vais avoir besoin de toi.

— Peut-être comprends-tu enfin mes sentiments à ton

égard ? Quand tes grands-parents m'ont appris la nouvelle, j'ai failli mourir sur place.

Rini ralentit pour prendre la route qui conduisait à la partie souterraine de la mine.

— J'ai apporté des plans avec moi. Ce doit être l'entrée.

— Jamais je n'étais venue ici, dit-elle en débouclant sa ceinture. Tu m'avais promis de m'y emmener un jour.

Leurs regards se croisèrent.

— Qui aurait deviné que ce serait en pareilles circonstances ? dit-il en enlevant ses lunettes de soleil.

Ils sortirent de la voiture, et Rini prit sa sacoche avant d'entrer dans l'immeuble. Elle avait espéré qu'un détail attirerait son attention et lui rendrait la mémoire, mais il n'en fut rien.

À l'intérieur du bâtiment, ils entendirent crier son nom, et cinq personnes sortirent soudain des bureaux et se précipitèrent pour le serrer tour à tour dans leurs bras comme l'avait fait Fabio.

Elle savait qu'il était aimé et admiré par les employés, mais ces démonstrations d'affection lui réchauffèrent le cœur.

L'un des hommes se tourna vers elle.

— Princesse Baldasseri, je suis Pesco Bonetti, un des responsables de la mine, dit-il avant de lui présenter les autres hommes. C'est un grand jour, ajouta-t-il, les yeux humides de larmes. Merci pour ce que vous avez fait pour les familles des mineurs. Nous ne l'oublierons pas.

— Je l'ai fait aussi pour Rini, répondit-elle en essuyant ses propres larmes. Vous savez tous déjà que mon mari a perdu la mémoire. Il réapprend l'italien, mais pour le moment, je dois encore le lui traduire. Ce n'était pas prévu dans l'emploi du temps, mais si ça ne vous ennuie pas, il aimerait vous parler quelques minutes.

— Venez par ici.

Elle prit Rini par le bras, et ils suivirent les hommes dans un bureau. On installa quelques chaises de plus, et tous s'assirent. Rini ouvrit sa sacoche et en tira les papiers qu'il avait apportés.

— Luna, demande à Pesco de me fournir des informations détaillées sur les zones que j'ai indiquées et de me les transmettre.

Elle tendit les papiers à Pesco en lui expliquant ce que désirait Rini.

— J'aimerais aussi qu'il m'envoie un compte rendu de l'état de la mine après le tremblement de terre. Pour que je puisse me mettre au courant.

— Son Altesse est donc toujours à la tête de la compagnie, comme avant ? demanda discrètement Pesco à Luna.

— Je ne sais pas encore. Nous n'avons pas parlé de l'avenir, mais même s'il ne garde aucun souvenir de la fonction qu'il exerçait, il se sent terriblement responsable.

— Je comprends. Je vais tout préparer et le lui envoyer.

— Un dernier point, dit Rini en se tournant vers sa femme. Remercie-le ainsi que tous les autres de continuer à travailler ici. Je voudrais qu'il me tienne au courant des problèmes qui n'ont pas encore été résolus. Ces hommes sont les piliers de ce pays et de la monarchie. C'est pour eux que je suis venu.

Très émue, elle traduisit ses propos, et lorsqu'elle eut terminé, les têtes se baissèrent, et on entendit un ou deux reniflements. Pesco se leva et s'adressa à Rini :

— Nous sommes tous derrière vous, et heureux de vous accueillir à nouveau. Votre visite nous redonne confiance.

Quand, quelques instants après, ils quittèrent la mine pour revenir à la voiture, Rini demeura muet.

Elle rompit le silence qu'elle trouvait insupportable.

— Tu ne te rappelles pas le passé, mais ce que tu as dit et fait aujourd'hui t'a gagné les cœurs de ces hommes qui travaillent dur. Ils sont désormais convaincus que le prince héritier est juste et généreux, et qu'il s'intéresse à eux et à leurs familles. Ce message était d'une importance capitale, je suis très fière de toi.

— Tu exagères. Et Pesco, qu'est-ce qu'il t'a dit en aparté ?

— Il m'a remercié d'avoir honoré les familles des mineurs qui sont décédés.

— Qu'avais-tu fait ?

— Je les ai toutes rencontrées, et le palais leur a également fait parvenir une indemnité financière.

— C'est moi qui suis fier de ce que tu as fait, dit-il en la fixant droit dans les yeux.

— J'ai tout appris de toi.

Il lui prit la main et la serra.

— Tu t'es comportée exactement comme il le fallait. Sais-tu que tu es une parfaite épouse ? insista-t-il en posant sur ses lèvres un baiser plein de passion.

Elle aurait aimé qu'il ne s'arrête jamais, mais il s'écarta et remit ses lunettes de soleil.

Tout en sachant qu'elle devait prendre cela comme un compliment, elle n'aimait pas trop qu'il la juge parfaite...

Soudain apparurent à l'horizon une succession de villages, tels que Rini les lui avait décrits. Rezana était la première localité située après la frontière, la première aussi qu'elle avait vue de l'hélicoptère. Par quel miracle Rini avait-il pu sortir de la mine et trouver de l'aide aussi loin du lieu de la catastrophe ? Quel choc il avait dû subir en se retrouvant seul sur l'autoroute, avant d'être emmené à l'hôpital sans pouvoir communiquer ! Elle sentit son cœur se serrer à cette pensée.

Ils entrèrent dans la petite ville et cherchèrent le commissariat, jusqu'au moment où Rini aperçut le mot *policija*.

— Nous y sommes. Ça me rappelle *polizia* en romanche.

— C'est le même mot en italien.

— J'ai encore beaucoup à apprendre, dit-il en se garant.

— Tu as déjà fait d'énormes progrès. Tu reconnais l'édifice ?

— Non. La mine non plus, je ne l'ai pas reconnue. J'avais préparé quelques mots à dire aux employés, mais quand je les ai vus se précipiter pour me serrer dans leurs bras, j'ai tout oublié.

— Moi aussi, en les voyant, je me suis sentie émue aux larmes.

Une fois de plus, il lui prit la main et l'embrassa.

— Merci encore de m'avoir sauvé.

Quand la considérerait-il simplement comme sa femme ?

— Si nous entrions chercher Zigo ? proposa-t-elle.

En sortant de la voiture, Rini ouvrit le coffre pour y prendre sa sacoche et le paquet de croissants, et ils pénétrèrent dans le commissariat.

Rini repéra immédiatement Zigo, seul à la réception.

— *Ciao,* Zigo, clama-t-il.

L'homme le regarda et bondit sur ses pieds.

— C'est vous !

— Mon mari est venu vous remercier de l'avoir sauvé.

Rini ôta ses lunettes et s'approcha de Zigo, qui écarquilla les yeux en voyant à quel point il avait changé.

— *Impossibile !*

Rini posa le sac de croissants sur le comptoir.

— *Per te.*

— C'est pour vous, Zigo, intervint Luna. Pour vous qui l'avez sauvé. Et il a un autre cadeau à l'extérieur. Pouvez-vous venir voir ?

Stupéfait, Zigo les suivit devant le commissariat, où un groupe d'adolescents émerveillés entouraient déjà le coupé. Au loin, elle entendit un ronronnement de rotors.

Carlo n'allait pas tarder à atterrir.

— Cette voiture est à vous désormais, dit-elle en souriant, tandis que Rini tendait la clé à Zigo. *Grazie mille.*

— Je ne comprends pas.

— Vous avez aidé mon mari. Il tient à vous remercier.

— Pas en m'offrant cette voiture ?

— *Si*, acquiesça Rini.

— *Aye aye aye !* s'écria Zigo en levant les mains, complètement bouleversé.

À ce moment, l'hélicoptère atterrit près du commissariat, et Carlo en sortit pour venir les rejoindre.

— Vous tombez bien, Carlo, lui glissa Luna en allant à sa rencontre. Zigo n'arrive pas à croire que Rini lui offre cette voiture pour le remercier. Pouvez-vous le lui dire en slovène ?

Enfin rassuré, le policier se rua sur Rini et lui secoua les mains avec un flot de paroles que Carlo s'empressa de traduire :

— Jamais on ne m'a fait un cadeau aussi merveilleux. Je ne le mérite pas.

— Dites-lui qu'en aidant ma femme, il m'a rendu la vie et que je voulais l'en remercier par un cadeau à la hauteur.

Luna traduisit pour que Carlo puisse faire passer le message. Les larmes aux yeux, Zigo serra Rini dans ses bras, et celui-ci l'étreignit à son tour.

— Carlo, chuchota Luna, Rini a apporté le titre de propriété, qu'il va signer devant vous comme témoin. Entrons.

Ils pénétrèrent tous les quatre dans le commissariat. Rini tira le titre de propriété de sa sacoche pour le dater et le signer. Zigo fit de même. Avant de repartir, Luna remercia encore le policier pour son aide.

Zigo lui sourit.

— Quand vous m'avez parlé de votre mari, votre regard était tellement plein d'amour que j'aurais fait l'impossible pour vous aider, traduisit Carlo.

Elle serra Zigo dans ses bras, et Rini donna à celui-ci une longue poignée de main. Lorsqu'ils furent tous deux montés à bord de l'hélicoptère, Carlo resta encore quelques minutes à discuter avec le policier avant de les rejoindre.

Rien qu'à voir l'étincelle qui brillait dans les yeux de son mari, Luna savait qu'il était heureux. Mission accomplie. Durant le court trajet jusqu'à San Vitano, Rini garda sa main dans la sienne.

Mais cette main ne lui suffisait pas. Elle souffrait de ne pouvoir apaiser le désir qui la tenaillait. Elle regrettait l'intimité physique qu'ils avaient partagée naguère, et elle aurait voulu lui parler du bébé qu'elle attendait. Mais cela posait un autre problème : avait-il encore envie aujourd'hui de fonder une famille ? Il avait déjà tellement à faire pour récupérer…

Il fallait qu'elle en parle avec le Dr Tullia.

La visite que Rini avait faite dans la mine où il s'était retrouvé bloqué aurait pu éveiller en lui des souvenirs terrifiants, mais il n'avait pas l'air perturbé. Au contraire, sa rencontre avec Zigo semblait lui avoir fait du bien.

Par la vitre de l'appareil, elle contempla le paysage verdoyant au-dessous d'eux.

Si seulement elle pouvait pénétrer dans la tête de Rini pour comprendre ce qui s'y passait !

Une fois encore, songea Rini, Luna s'était pliée en souriant à tous ses caprices sans rien exiger en particulier.

La situation dans laquelle il se trouvait l'avait transformée en aide-soignante qui veillait sur lui nuit et jour, et il se sentait terriblement coupable. Ce soir, il aurait bien aimé pouvoir lui rendre la pareille, mais il lui fallait attendre leur retour à San Vitano pour lui en parler.

L'hélicoptère atterrit derrière le palais royal, et après avoir salué Carlo, ils montèrent dans une limousine qui les conduisit au *palazzo*. Lorsqu'ils furent descendus de la voiture, il prit le bras de sa femme et s'arrêta sur le seuil.

— Ce soir, j'aimerais t'emmener dîner et danser quelque part, lui dit-il. Je suis certain que tu connais un endroit sympa, alors je te laisse le choix. À moins que tu ne te sentes trop fatiguée pour sortir ?

Le visage de Luna s'éclaira.

— Tu lis vraiment dans mes pensées ! C'est exactement ce dont j'avais envie.

— *Bene*, murmura-t-il avec satisfaction. Dans ce cas, allons nous changer.

Il se pencha et l'embrassa sur la bouche.

Immédiatement, elle noua les bras autour de son cou et se blottit contre lui.

— J'en ai eu envie toute la journée, murmura-t-elle en lui rendant son baiser avec une passion qui le fit frémir.

— Oh ! s'exclama Viola qui venait d'ouvrir la porte. *Scusa !*

Luna s'écarta en rougissant et balbutia quelques mots. L'intendante s'empressa de s'éclipser.

— Je vais l'avertir que nous dînerons à l'extérieur, dit Luna.

Il aurait préféré qu'ils restent chez eux et lui faire l'amour toute la nuit, mais il tiendrait sa promesse.

— Pendant que tu te douches, je vais téléphoner pour réserver une table spéciale chez Gilberto.

— Pourquoi spéciale ? demanda-t-il en montant l'escalier derrière elle.

— Celle que tu avais réservée la veille de notre mariage.

— Qu'est-ce qu'elle a de particulier ?

— Tu verras bien, répondit-elle en se retournant avec un sourire malicieux.

Il se précipita sous la douche, excité à la pensée de la tenir dans ses bras quand ils danseraient. Puis il sortit de son dressing un costume bleu pâle et une chemise marine. Au moment où il s'habillait, Luna fit irruption dans la chambre.

— La douche est libre, *mi biscottina.*

— Maintenant, tu me traites de gâteau ?

— Je ne le faisais pas avant ?

— Non. Ton vocabulaire italien ne cesse de s'accroître. *Bravo !*

— Est-il indispensable de mettre une cravate ? s'enquit-il.

— Seulement si tu en as envie.

— Alors non.

— Pour moi, tu es parfait, dit Luna avant de disparaître dans la salle de bains.

8.

Rini fixa son image dans le miroir, indécis.

Devrait-il s'habiller d'une façon particulière parce qu'il était le prince héritier ? Le compliment de Luna avait paru sincère, mais n'aurait-elle pas préféré qu'il porte une cravate ?

Chaque fois que tout paraissait bien aller entre eux, il ne pouvait s'empêcher de chercher des intentions cachées dans les propos de sa femme. Pas de doute, il avait besoin de l'aide du Dr Tullia. Demain, il demanderait à Luna d'appeler l'hôpital pour prendre rendez-vous le jour même avec le médecin.

Il passa dans son bureau pour y déposer sa sacoche et travailler son italien. Bientôt, il n'aurait plus besoin de sa femme pour parler cette langue au téléphone.

— Rini ?

Il releva la tête et faillit tomber de sa chaise.

Elle portait une petite robe noire à bretelles et des escarpins qui la grandissaient encore. Des boucles d'oreilles en diamant brillaient sous sa chevelure dorée.

— *Incantevole…*

Encore un nouveau mot.

— Quand je pense que tu prétends ne pas parler italien ! Ce simple mot suffit à faire mon bonheur. Je suis prête.

— Une minute. En définitive, je préfère mettre une cravate.

Il revint dans le dressing pour en prendre une à fines rayures argentées dans un tiroir et la nouer. Elle l'attendit sur le palier.

— Tu as commandé une limousine ?

— Non. Nous prendrons notre seconde voiture, la berline vert foncé garée à côté de celle de Mateo. Voici les clés.

En aidant Luna à monter dans la voiture, il inhala avec bonheur son parfum de fraise. Dans le crépuscule, son teint semblait de porcelaine.

Une fois installé, il programma le GPS pour se rendre chez Gilberto. Lorsqu'ils furent sortis de la voiture, elle posa la main sur la sienne.

— Tu as l'air d'oublier que tes gardes du corps ne sont pas des amateurs de Formule 1, contrairement à toi. Ménage-les.

— Tu as eu peur ?

— Oui.

— Enfin une réponse franche !

— Que veux-tu dire ? demanda-t-elle en fronçant les sourcils.

— Oublie ça.

— Je ne peux pas.

Il respira à fond.

— Luna… Avec moi, tu te comportes toujours d'une manière parfaite, et je me sens très bien, mais…

— Mais tu crois que je ne te dis pas toujours la vérité ? demanda-t-elle, visiblement blessée.

— Si, et je ne dois pas être facile à vivre. Mais ce n'est qu'aujourd'hui que ta réponse me semble…

— Honnête ? Tu crois que jusque-là je n'ai pas cessé de te mentir ?

— Non, bien sûr. Seulement, je n'arrive pas à comprendre comment j'ai réussi à épouser une femme aussi remarquable, une femme que je ne mérite pas.

— Que tu ne mérites pas ? Quelle idée ! Et tu n'imagines pas que je puisse m'inquiéter, moi aussi ? En te réveillant à l'hôpital, tu as découvert que tu étais marié à une femme que tu ne reconnaissais pas. J'ai été stupéfaite que tu veuilles quand même rentrer chez toi en ma compagnie.

— Tu es la seule personne avec qui j'ai envie de vivre.

— Et moi, je t'aime passionnément, rétorqua-t-elle, les yeux embués de larmes. Mais si jamais, le temps passant, tu changeais d'avis et que tu te lassais de moi, tu n'aurais qu'un mot à dire. Jamais je ne te blâmerai si tu veux divorcer. Tu es libre de faire ce que tu veux.

Ce qu'elle lui confiait lui déchira le cœur. Il ralentit pour s'engager dans une contre-allée.

— J'ai essayé d'imaginer à quel point ce doit être effrayant de se réveiller avec une amnésie et de découvrir qu'on est marié à une étrangère, reprit-elle. Mais aujourd'hui, tu as prouvé que tu pouvais très bien t'en sortir tout seul.

— Sauf que j'ai besoin de toi, Luna, répondit-il après s'être garé.

Elle le dévisagea à travers ses larmes.

— J'ai peut-être perdu la mémoire, poursuivit-il, mais je reste un homme. Avant même que tu m'aies révélé que tu étais ma femme, j'ai su du fond du cœur que j'avais besoin de cette belle personne qui semblait toute prête à m'aider.

Elle laissa échapper un sanglot.

— Et maintenant, il va te falloir être absolument franche, Luna. Veux-tu divorcer ? Dis-moi la vérité, sinon tout cela ne servirait à rien.

Elle écarta une mèche qui lui tombait sur les yeux et s'éclaircit la gorge :

— Ma vérité, c'est que je veux recommencer à vivre avec toi. À tout prix.

— Eh bien, moi aussi, dit-il en la prenant par les épaules. Je veux que notre mariage soit une réussite, et j'ai une idée : si nous faisions comme si nous venions de nous rencontrer et essayions de faire connaissance ? Durant le trajet depuis Rezana, j'ai réfléchi à la façon dont tu as veillé sur moi. Moi aussi, je veux faire quelque chose pour toi ce soir, pour te prouver à quel point tu comptes pour moi.

— Oh oui, Rini ! s'écria-t-elle en se penchant pour

l'embrasser sur la joue. Cette idée me plaît beaucoup. Prenons tous les deux un nouveau départ.

Décidément, il avait épousé un ange.

Il l'embrassa sur la tempe, puis reprit le volant et remit la berline en route avant de revenir sur l'autoroute et de rouler vers un lieu-dit Lago Diamanti. À l'horizon se profilait un château.

— Tu vas aimer cet endroit, murmura Luna. La salle à manger surplombe le lac.

— Tu as raison, répondit-il en contemplant les pins autour d'eux. On dirait un paysage de conte de fées.

Comment pouvait-il avoir oublié ce lieu enchanteur ?

Une idée horrible l'envahit : il ne recouvrerait jamais la mémoire. Le traumatisme qu'il avait subi avait tout effacé, il passerait le reste de sa vie sans se souvenir de son passé.

Luna souriait à son côté.

— La première fois qu'on est venus ici, j'ai ressenti un véritable enchantement. Le lac captait la lumière aussi bien qu'un diamant, et c'est d'ailleurs de là que vient son nom. Les diamants que je porte aujourd'hui, tu me les as donnés ce soir-là. En cadeau de mariage.

— Je commence à croire que je ne suis pas aussi horrible que je le redoutais, dit-il en souriant de la voir rire.

Le parking débordait de voitures de luxe, mais il réussit à se garer. On entendait de la musique, et le château était illuminé comme un arbre de Noël. Il aida Luna à sortir de la voiture et la prit par la taille pour entrer dans le bâtiment.

— Votre Altesse ! s'écria le directeur en se précipitant vers eux pour les accueillir, la main sur le cœur. C'est un honneur. Je vous accompagne.

Luna traduisit avant de suivre l'homme dans un hall menant à un jardin intérieur où des couples dansaient au son d'un petit orchestre. Les guirlandes lumineuses suspendues aux branches des arbres diffusaient un éclairage d'une douceur très intime. Le directeur les guida à l'autre extrémité du patio, vers une table éclairée aux chandelles qui surplombait le lac.

Dès qu'ils furent assis, il leur présenta les menus. Un serveur prit le relais et leur versa du vin.

— Me fais-tu confiance pour passer la commande ? lui demanda Luna en le fixant de ses grands yeux verts.

— Si nous prenions du jambon en entrée ? proposa-t-il après avoir dégusté une gorgée de vin qu'il trouva délicieux. Et ensuite, tu as une idée ? Pourquoi pas le menu que nous avions choisi la première fois que je t'ai emmenée ici ?

— Tu connais donc le mot jambon ! Ensuite, je te conseille leurs *papardelle ai funghi*, des pâtes aux champignons.

Il répéta ces mots pour les enregistrer avant de se tourner vers sa femme, qu'il avait très envie de serrer dans ses bras.

— Signora Baldasseri ? *Ballerai con me ?*

— *Mi piacerebbe,* répondit-elle en se levant.

Une fois sur la piste, il l'enlaça, et elle s'abandonna contre lui.

— Je n'arrive pas à croire que je danse de nouveau avec toi, murmura-t-elle d'une voix brisée par l'émotion. Quel miracle que tu sois vivant !

— Le miracle, c'est toi, répondit-il en lui effleurant la joue de ses lèvres.

Elle se blottit tout contre lui.

— Signor Baldasseri, je suis au paradis.

— Luna... Quand nous rentrerons, je veux te faire l'amour. À moins que tu n'en aies pas envie. N'aie pas peur de me dire la vérité. Si c'est encore trop tôt pour toi...

— Trop tôt ! protesta-t-elle en le serrant de plus près encore. J'en brûle d'envie depuis le premier soir où nous sommes rentrés de l'hôpital. Mais tu ne voulais pas, parce que tu croyais que j'avais pitié de toi.

— Maintenant, j'ai compris que je me trompais, mais il faut que tu répondes encore à une question : veux-tu toujours que nous ayons un bébé, en dépit de mon amnésie, ou as-tu changé d'avis à ce sujet ?

— Pas du tout. J'ai toujours désiré avoir un enfant de toi, et ça n'a pas changé.

— Alors, si tu es enceinte…

Elle s'immobilisa et lui prit le visage entre ses mains.

— Rini chéri, à part me marier avec toi, je n'ai jamais rien désiré davantage qu'avoir un enfant de toi. Et sans attendre.

— Tu as fait de moi l'homme le plus heureux du monde. Je me demande si je vais pouvoir avaler quoi que ce soit.

— N'oublie pas que tu *dois* manger. Allons nous rasseoir en attendant nos plats.

La demi-heure qui suivit passa comme l'éclair. La nourriture était sublime, mais il ne pouvait détacher les yeux de Luna.

— As-tu envie d'un dessert ? s'enquit-il.

— Non, pas tellement. Et toi ?

— Tu connais déjà la réponse, dit-il en lui prenant la main par-dessus la table.

— Tu as raison, rentrons, répondit-elle avant de demander l'addition.

Ils quittèrent le restaurant plus vite qu'ils n'y étaient entrés et, sur le chemin du retour, il réussit à semer ses gardes du corps.

— Un vrai champion de Formule 1, déclara Luna en riant tandis qu'il garait la voiture derrière le *palazzo*. Tu pourrais te reconvertir.

— Pourquoi pas ? Au moins, en cas de tremblement de terre, je serai en surface. Mais s'il m'arrive encore un accident, peut-être ne serai-je même plus capable de parler romanche.

— Rini… Il ne faut pas plaisanter là-dessus. Si tu savais comme ça m'angoisse !

— Je reconnais que ce n'est pas drôle, dit-il en la prenant par le bras. Pardonne-moi.

Dès qu'ils furent montés dans leur suite, Luna disparut dans la salle de bains. Il se déshabilla et enfila une robe de chambre en l'attendant. Quelques minutes plus tard, elle revint, vêtue d'une nuisette ivoire.

— Rini, balbutia Luna d'une voix brisée face à son si beau mari, je ne devrais peut-être pas te dire ça, mais je continue à être obsédée par l'horreur de t'avoir perdu.

— Je comprends, *adorata*. Moi-même, si je te perdais maintenant, je préférerais mourir, dit-il d'une voix grave qu'elle sentit résonner dans tout son corps.

— Jamais tu ne me perdras, répondit-elle en se jetant dans ses bras.

— *Ti amo*. Tu m'entends ?

Il enfouit le visage dans ses cheveux, avant de la soulever et de la porter jusqu'au lit, brûlante de désir. Elle ne put répondre à sa déclaration d'amour, car il avait déjà posé ses lèvres sur les siennes.

Elle retrouvait enfin le Rini qu'elle avait épousé sept mois plus tôt, habité par une flamme qui attisait encore la sienne. De nouveau vivant. Son mari était enfin de retour, et jamais elle ne cesserait de l'adorer.

Durant la nuit, ils tentèrent encore et encore d'apaiser le désir passionné qui les tenaillait. Rini était le meilleur des amants, et elle aurait voulu pouvoir arrêter le temps.

Le matin les trouva encore enchevêtrés entre les draps froissés.

— Je t'aime, dit-elle en couvrant de baisers le visage de Rini. À un point que tu ne peux même pas imaginer. Tu as fait preuve d'un tel courage dans cette épreuve. Je voudrais pouvoir dissiper toutes tes craintes.

— C'est ce que tu fais déjà grâce à ton amour.

— J'aimerais t'aider davantage encore. Mais comment ?

— J'ai beaucoup réfléchi pendant que nous étions dans la mine, dit-il en la reprenant dans ses bras. Depuis trois siècles, c'est visiblement sur cette entreprise que repose la fortune familiale. Même si je n'en ai pas le souvenir, elle reste sous ma responsabilité. J'aurais bien d'autres façons de donner un sens à ma vie, mais il me faudrait tout apprendre.

Alors, pourquoi ne continuerais-je pas d'assurer la direction administrative de la mine ?

— C'est une excellente idée, mon chéri.

— Je pourrais suivre des cours de gestion et d'italien à la fac. Je vais en parler au Dr Tullia.

— Très bien. Et j'ai encore une idée. Tu pourrais travailler quelques après-midis par semaine au siège de la compagnie pour te familiariser avec la comptabilité. Je serais d'ailleurs capable de t'aider dans cette discipline, et tu retrouverais ta place dans l'entreprise en très peu de temps…

À ce moment, Rini posa sa bouche sur la sienne et lui fit tout oublier. Son mari était peut-être amnésique, mais il savait parfaitement lui donner l'impression d'être immortelle.

Une heure plus tard, allongé à côté d'elle, il la contemplait encore, visiblement fasciné.

Comme il ignorait qu'elle était enceinte et avait oublié comment elle était auparavant, il ne percevait pas les changements dus à la grossesse. Mais dans un mois, ce serait différent.

Pour le moment, elle préférait ne pas y penser.

Elle serait bien restée là toute la journée, mais son téléphone se mit à sonner avec insistance. Elle n'était pas d'humeur à converser, mais c'était simplement la secrétaire du Dr Tullia qui lui rappelait que Rini avait rendez-vous à 11 heures.

— Il y sera, promit-elle avant de raccrocher et d'embrasser son mari. Tu as rendez-vous à l'hôpital à 11 heures avec le Dr Tullia. Il faut que tu te dépêches si tu ne veux pas être en retard. Va prendre ta douche, je demande à Viola de préparer le petit déjeuner.

Rini se leva en soupirant.

— Entre tes bras, j'oublie tout, *cara*.

Une demi-heure plus tard, après avoir pris leur petit déjeuner à la hâte, ils montaient en voiture. Rini conduisit jusqu'à l'hôpital. Plus il prenait d'assurance, plus elle retrouvait son mari d'avant le séisme. Elle se devait de l'encourager à faire de lui-même tout ce dont il était capable.

Lorsqu'il se fut garé, elle posa la main sur son bras.

— Je pense que Chispar assistera à votre entretien. Je vais t'attendre ici.

— Bientôt, je n'aurai plus besoin de traducteur. Lorsque j'aurai fini, nous pourrions aller déjeuner et ensuite passer au bureau. Tu me guideras.

Après un dernier baiser, il sortit de la voiture, et elle le suivit des yeux jusqu'à ce qu'il disparaisse de sa vue.

En costume d'été beige et chemise blanche, sans cravate, il n'y avait sûrement pas d'homme plus séduisant sur terre.

Elle appela Fabio pour l'informer que Rini passerait au siège pour se familiariser avec la comptabilité. Il n'avait nul besoin de demander la permission puisqu'il dirigeait l'entreprise, mais elle ne voulait pas que Fabio soit surpris.

— Et s'il ne comprend pas, comment fera-t-il ?

— Il travaille beaucoup son italien, vous serez étonné de constater les progrès qu'il a déjà accomplis. À tout à l'heure.

Une demi-heure plus tard, Rini revint à la voiture, l'air satisfait.

— Tout s'est bien passé, dit-il en démarrant. J'ai eu une courte conversation en italien avec le Dr Tullia, ce qui l'a visiblement surpris. Quand je lui ai parlé de mes projets, il m'a dit que ce serait bien que je prenne aussi des cours d'anglais en ligne, mais il préfère que je n'aille pas à la fac pour le moment. Selon lui, mieux vaut que je me consacre à toi et à notre mariage. Pas de problème pour que je passe de temps en temps au bureau, mais je ne dois pas me surmener.

— Il me semble d'excellent conseil. Il a dû être surpris de te trouver aussi en forme.

— C'est d'abord à toi que je le dois, et d'ailleurs je le soupçonne de l'avoir deviné. Non seulement tu es superbe, mais peu de personnes peuvent rivaliser intellectuellement avec toi.

— Attention, à force d'entendre tes compliments, je vais finir par y croire !

Pour elle, après avoir fait l'amour avec Rini toute la nuit, tout allait pour le mieux dans le meilleur des mondes. Leur relation avait complètement changé. Peut-être était-il tombé amoureux d'elle, mais combien de temps durerait cet engouement dans sa tentative pour reconstruire sa vie ?

Elle se dit qu'elle allait beaucoup trop vite. Il fallait qu'elle se calme. Ne pas précipiter. Une chose après l'autre.

— Tu as l'air d'être en grande conversation avec toi-même, *sposa mia.*

Elle sentit le rouge lui monter aux joues.

— Je pensais aux énormes progrès que tu as accomplis en une semaine. Je suis impressionnée.

— C'est également grâce à toi. Tu m'encourages si bien. À t'entendre, rien ne peut me résister.

— Tu en as déjà apporté la preuve en survivant jusqu'au moment où on t'a découvert. Après avoir rampé hors de la mine, tu as réussi à atteindre l'autoroute. Je ne sais pas comment tu as fait.

Les mots de Luna touchèrent Rini au fond du cœur.

La nuit précédente, elle lui avait montré ce que c'était d'être marié à la femme la plus merveilleuse, généreuse et passionnée du monde. Mais il ne la méritait pas. Pas encore. Pour mériter son amour, il avait encore beaucoup à accomplir.

Après avoir quitté l'hôpital, ils se rendirent au siège de la compagnie. Il se gara à la place qui lui était réservée, près de l'entrée. Luna lui avait appris que quatre-vingts personnes travaillaient au siège, réparties en différents départements. La comptabilité comprenait trois bureaux, y compris celui de sa femme, situé au rez-de-chaussée à côté de celui de Fabio.

Il lui prit la taille avant d'entrer dans l'immeuble.

Une séduisante jeune femme sortit d'un bureau vitré pour les accueillir.

— Voici Suzanne, une excellente amie à moi, déclara Luna.

Ils pénétrèrent ensuite dans le bureau de Luna, qui approcha une chaise supplémentaire pour qu'ils puissent y travailler ensemble. En jetant un coup d'œil à la ronde, il aperçut sur un des murs une photo prise lors de leur mariage : Ils sortaient juste de la cathédrale de San Venato.

— Je croyais que c'était le plus beau jour de ma vie, murmura-t-elle en remarquant la direction de son regard. Mais celui où je suis entré dans ta chambre d'hôpital à Rezana et où je t'ai reconnu, allongé sur ton lit, a été plus beau encore.

Il la dévisagea d'un regard scrutateur.

— Comme je te l'ai déjà dit, il m'a semblé entendre un ange me parler d'une voix céleste. Je n'en ai pas cru mes oreilles, et j'ai ouvert les yeux. J'ai découvert alors une femme exquise, debout à mon chevet, qui me disait qu'elle m'aimait dans une langue que je comprenais. Jamais je n'oublierai cet instant. Lorsque tu m'as dit que tu étais mon épouse, j'ai pensé que j'avais une hallucination. Impossible de croire que j'étais ton mari.

— Rini…

Incapable de maîtriser son désir, il prit son visage entre ses mains et le couvrit de baisers.

— *Mi scusi.*

Une voix masculine s'éleva. Abandonnant à regret les lèvres de Luna, Rini se retourna et aperçut le directeur debout sur le seuil de la pièce.

Il se leva d'un bond.

— *No c'e problema. Ciao, Fabio. Come va ?*

Le nouveau venu parut sidéré de l'entendre parler italien.

— *Bene, Rini. E tu ?*

— *Molto, molto bene,* répondit Rini en souriant à Luna. *Sto lavorando con mi bella moglie.*

Il prononça ces deux derniers mots de façon à bien faire entendre à Fabio qu'il était de retour du royaume des morts : Non seulement il travaillait avec sa femme, mais il était plus amoureux d'elle que jamais.

Le regard de Fabio se posa un instant sur Luna, puis il ressortit et referma la porte derrière lui.

Rini se rassit et serra Luna contre son cœur.

— Comment m'as-tu trouvé ? s'enquit-il.

— Tu connais déjà la réponse. Ta transformation a stupéfié Fabio.

— L'avais-tu prévenu que je passerais au bureau aujourd'hui ?

— Oui, je l'ai appelé pendant que tu t'entretenais avec le Dr Tullia. J'ai pensé que cela valait mieux, même si le directeur, c'est toi.

— Tu es merveilleuse !

— J'espère que, après des heures passées à examiner les comptes, tu seras toujours du même avis.

— Quoi que nous fassions, j'aime le faire en ta compagnie, répondit-il sans cesser de fixer ses grands yeux verts.

— Cela me convient parfaitement. Es-tu prêt à te plonger dans la comptabilité ?

— Tu cherches à me faire peur ? Voyons un peu quel genre de professeur tu es.

Il se mit à rire tandis qu'elle s'empressait d'ouvrir un dossier.

Comme les nombres n'ont pas besoin de traduction, il se sentit immédiatement à l'aise, car il n'avait pas perdu ses capacités en maths. Luna lui rendit la tâche encore plus facile en lui traduisant les différentes rubriques en romanche. Après cela, il réussirait aisément à les mémoriser en italien.

Une heure plus tard, ils quittèrent le bureau pour aller déjeuner.

— De quoi as-tu envie, Rini ?

— Peut-être de poisson.

— Je connais l'endroit idéal.

Ils montèrent en voiture, et elle le guida jusqu'à un petit port au bord du lac.

— C'est un restaurant où nous aimions bien aller manger après avoir nagé ou pêché sur ton bateau. Nous y avons passé plus d'une nuit.

Elle lui désigna un yacht bleu et blanc amarré à la jetée.

— C'est ton bateau.

— Quelle fière allure ! Tu n'aimerais pas que l'on s'y installe tous les deux à demeure ?

— C'est exactement ce que tu me disais chaque fois que nous sortions sur le lac ! Tu aurais adoré vivre sur l'eau.

— Oui, je m'y sentirais bien. Si nous achetions un pique-nique pour le manger à bord ?

— Bien sûr, mais je n'ai pas apporté la clé pour le faire démarrer.

— Aucune importance.

Très excité à l'idée de posséder ce bateau, il s'empressa d'aller acheter un plat de pâtes et du crabe. Puis, lorsque Luna eut averti le surveillant du port, Rini l'aida à embarquer. Ils descendirent manger dans l'entrepont pour éviter les rayons brûlants du soleil.

— Si nous passions la nuit ici ? proposa-t-il.

— Ça me plairait bien, mais peut-être vaut-il mieux attendre demain soir.

— Pourquoi ?

— D'abord, nous avons des courses à faire : tu as besoin d'une montre, d'un portefeuille et de quelques chemises. D'autre part, tes grands-parents aimeraient bien avoir de tes nouvelles. Tu pourrais passer au palais ce soir.

— Je n'en ai pas très envie.

— Dans ce cas, pourquoi ne pas organiser une visio avec eux ce soir depuis le *palazzo* ?

— Je ne suis pas encore prêt à leur parler longuement.

— Pourquoi ?

Il laissa échapper un soupir.

— J'ai eu une longue conversation avec Vincenzo, que j'ai rapportée au Dr Tullia. Il semble qu'il reçoive désormais une formation pour prendre en charge la monarchie quand le moment sera venu. Je ne veux pas m'immiscer dans ce projet. Pour moi, le tremblement de terre a tout changé, et je n'ai aucune envie d'assumer mes anciennes fonctions, dont je ne sais plus rien. Néanmoins, je redoute de décevoir mes grands-parents. J'ai conscience qu'ils avaient vis-à-vis de moi des attentes que je ne peux plus satisfaire, du coup je me sens mal à l'aise en leur présence. Mon amnésie risque de durer, tu peux certainement le comprendre. Le Dr Tullia est de mon avis. Alors, ce soir, peut-être pourrais-je les appeler pour leur expliquer mes doutes. C'est le mieux que je puisse faire.

— On ne saurait t'en demander davantage.

— À propos, je pourrais peut-être avoir une visio avec le directeur général de la mine. Grâce à ton aide, je pourrai discuter avec lui des fax qu'il a envoyés.

— Tu avais l'habitude d'en organiser régulièrement avec les différents cadres quand tu devais assumer tes obligations de prince héritier. Dans deux mois, tu seras de nouveau capable de reprendre seul la direction.

— J'ai besoin de toi à mes côtés, Luna. Tu ne peux pas savoir à quel point, souffla-t-il en lui couvrant le visage de baisers, en proie à un désir irrépressible. En ce moment, tout ce dont j'ai envie, c'est de te serrer dans mes bras.

Il se leva pour l'attirer à lui et la guider vers la cabine. Ils tombèrent sur le lit dans un irrésistible élan de passion.

Ils réussirent à rentrer chez eux assez tôt pour que Rini appelle ses grands-parents, mais sans avoir fait la moindre course.

9.

Rini referma son ordinateur et se leva.

— C'est fait.

Il venait de terminer son entretien avec Leonardo, une expérience plutôt douloureuse.

— Oui, *tesoro mio.*

— J'ai beau ne pas les connaître, j'ai quand même senti que je leur faisais de la peine.

Luna l'avait constaté, elle aussi. Elle prit son mari dans ses bras et se blottit contre lui.

— Ils ont fait de leur mieux pour comprendre. Il faut leur donner du temps. N'oublie pas que Vincenzo est déjà prêt à tout assumer quand le moment sera venu.

— Tu ne trouves pas que je suis un monstre ?

— Non, *amore*, mais quand tu es ressorti de la mine, tu n'étais plus la même personne, et ils le savent. Viens te coucher.

Elle savait que son cher époux devait supporter un lourd fardeau. Heureusement, l'appel qu'il venait de passer lui avait permis de retrouver une certaine sérénité.

Le lendemain matin, elle le trouva dans le bureau, en train de téléphoner au directeur de la mine, essayant de communiquer avec lui avec le peu d'italien qu'il connaissait, et elle sentit son cœur se gonfler de fierté en l'entendant.

Lorsqu'il eut terminé, il se tourna vers elle.

— Je ne pensais pas que tu étais réveillée. Cette nuit, j'ai eu l'idée de redescendre au fond de la mine, là où s'est produit l'éboulement. Je sais que tout a déjà été tenté sans résultat, mais je garde l'espoir de retrouver des corps. Je ne peux pas supporter de me sentir impuissant. Peut-être est-ce voué à l'échec, mais je voudrais au moins essayer.

— Oh non, Rini, je refuse absolument que tu redescendes au fond ! s'écria-t-elle en pleurant. Je t'en empêcherai !

— Je subodore notre premier différend.

— Ce n'est pas drôle.

— Je présumais que ça ne te plairait pas, mais il faut que je le fasse.

— Pourquoi ?

— Même si j'ai abandonné la perspective d'être prince héritier, cela fait trois cents ans qu'un Baldasseri est en charge de la mine. Maintenant, c'est mon tour, et je me sens responsable globalement de son fonctionnement. Les hommes m'en ont confié la direction, et je ne peux pas me laisser dépasser par mes problèmes personnels.

Elle lutta pour ravaler ses larmes.

— Mais tout ce qui était possible a déjà été fait !

— Toi-même, as-tu renoncé à me retrouver ?

Il marquait un point.

— Je comprends, mais j'éprouve un affreux pressentiment à cette idée.

— Tu te laisses dominer par ta peur.

Oui, elle avait peur. Pour lui, pour eux deux, pour leur bébé. Si un autre séisme se produisait, ou un éboulement, leur enfant ne connaîtrait jamais son père.

— Désolé, Luna, il faut que je le fasse.

Aux vibrations de sa voix qui résonnaient en elle, elle sentit sa détermination.

Elle devait lui dire la vérité : ils attendaient un enfant. Cela l'obligerait à comprendre son opposition à ce projet. Mais ne serait-ce pas cruel, alors qu'il venait de prendre sa première grande décision, de chercher à l'en empêcher ?

— Pardonne-moi de te contrarier, Luna, mais il ne m'arrivera rien. Je serai rentré avant la fin de la journée.

Exactement les mots qu'il avait prononcés avant de partir inspecter la mine, ce jour fatal. Pour elle, ce serait horrible, mais elle devait surmonter cette épreuve.

— Bien, dit-elle en baissant les yeux sur son angoisse. Je t'attendrai ici.

Rini était né pour accomplir cette mission, il avait besoin de l'assumer pour s'épanouir, et elle tenait à ce qu'il soit en pleine possession de ses moyens au physique comme au moral. Il avait peut-être perdu la mémoire, mais son caractère n'avait pas changé. Peu d'hommes étaient des leaders-nés, et il était sur la liste. Dès son plus jeune âge, il avait été respecté, c'était son destin.

Un nouveau séisme pouvait se produire au même endroit et avec la même intensité, mais elle ne devait pas vivre avec cette crainte permanente. Si elle l'empêchait de faire son chemin pour des raisons égoïstes, cela leur nuirait à tous les deux.

— N'oublie pas que, d'abord, nous devons passer la journée et la nuit sur le bateau, lui rappela Rini.

— Oui, j'ai hâte !

Après avoir emporté de quoi manger, ils partirent pour le port et passèrent la journée à pêcher et à se dorer au soleil.

Le soir, lorsqu'ils se mirent au lit, Rini la fit rouler au-dessus de lui.

— Profitons pleinement de cette nuit. Demain matin, nous rentrerons au palais, et je décollerai pour la mine en hélicoptère. Je te promets d'être rentré à 18 heures pour le dîner.

Le lendemain après-midi, tandis que Rini circulait dans les couloirs labyrinthiques de la mine, il put réaliser pleinement ce qui lui était arrivé pendant le tremblement de terre. Durant des heures, avec Pesco et d'autres membres de l'équipe, ils explorèrent la zone où les mineurs avaient été ensevelis. D'énormes rochers leur bloquaient le passage.

Ces dégâts énormes témoignaient de la violence du cataclysme, et il avait du mal à comprendre comment il avait pu échapper à la mort. Grâce à son instinct du terrain et aux cartes, il découvrit la fissure à travers laquelle il avait réussi à ramper pour sortir. Il la suivit et leva la tête vers le ciel.

S'il restait là assez longtemps, peut-être qu'un nouveau tremblement de terre se produirait et qu'il recouvrerait ses facultés d'avant ?

Il attendit jusqu'à 20 heures sans percevoir de secousse ni de grondement. La terre demeurait ferme sous ses pieds.

— Rini ? murmura Pesco à ses côtés. Les hommes sont rentrés chez eux. Si nous partions, nous aussi ?

Il était si perdu dans ses pensées qu'il en avait complètement perdu la notion du temps !

Il acquiesça et suivit son compagnon jusqu'à la sortie principale.

Évidemment, après cette exploration inutile, les hommes étaient partis. Il ne pouvait pas les blâmer, car il n'était plus celui qu'il prétendait être, et ils le savaient.

Il mettrait peut-être une vie entière à réapprendre les connaissances qu'il avait mis vingt-neuf ans à acquérir. Inutile de prolonger ce cauchemar. Non seulement il ne parlait toujours pas couramment italien, mais il ne savait même plus ce qu'il avait à communiquer aux autres. Il ne connaissait plus rien au monde de la mine.

La seule raison qui avait poussé ces hommes à le traiter avec déférence, c'est qu'ils le voyaient encore comme le prince héritier. Mais il avait lu de la tristesse dans leurs yeux tandis qu'il bataillait pour trouver ses mots et exprimer des idées qui n'avaient aucun sens pour eux. Dès qu'ils ne se sentaient plus observés, ils échangeaient des regards que lui-même n'avait eu aucun mal à interpréter. Que faisait dans la mine cet homme qui n'était que l'ombre de lui-même ? Parce qu'il était le petit-fils du roi, croyait-il qu'il lui suffisait d'y entrer, comme si rien n'avait changé ? Qui espérait-il tromper de cette façon ?

Après avoir remercié Pesco, il revint à l'hélicoptère et

demanda au pilote de le ramener à Asteria où son épouse l'attendait.

Luna leva la tête et referma le livre qu'elle lisait.

— Quelle expression morose, *mi amante* ! lui dit-elle. Je reconnais avoir été déçue par le texto que tu m'as envoyé en fin d'après-midi pour me prévenir de ton retard, mais, Dieu merci, tu es de retour sain et sauf. J'avais peur qu'il ne te soit arrivé quelque chose.

— C'est vrai qu'il m'est arrivé quelque chose, murmura-t-il, mais avant de t'en parler, je vais prendre une douche.

— Rini…

L'appréhension dans la voix de Luna ne l'arrêta pas. Il se déshabilla et se doucha longuement, comme pour se laver de la créature qu'il était devenu.

La veille, en parlant à ses grands-parents, il avait senti la dépression s'abattre sur lui à la pensée d'avoir tout oublié de sa vie d'avant. Maintenant, il faisait face à la femme qui l'avait sauvé, sans comprendre comment elle avait réussi à accomplir pareil exploit.

Il resta sous le jet jusqu'à ce que l'eau commence à refroidir. Il ferma alors les robinets. Inutile de se raser, cela pouvait attendre. Auparavant, il fallait qu'il parle à Luna.

Il était presque minuit lorsqu'il gagna leur chambre.

Assise sur le lit dans son déshabillé ivoire, elle l'attendait. Une fois de plus il fut frappé par sa beauté, ses cheveux blond doré et ses yeux enjôleurs.

Elle lui sourit.

— Il ne doit plus y avoir la moindre goutte d'eau chaude. Si tu n'étais pas réapparu à l'instant, j'étais prête à partir à ton secours.

— Jamais je n'aurais dû rester là-bas aussi longtemps. Non seulement je t'ai fait attendre et tu as eu peur, mais je suis parti sans avoir répondu à tes questions. Toi, jamais tu ne m'aurais fait ça.

— Rini, qu'est-ce qui t'arrive ? Quel est ce nouveau mystère ?

— Un mystère très excitant.

Elle lui sourit de ce sourire qu'il aimait tant, ce qui rendit ce moment plus difficile encore pour lui. Dans peu de temps, elle ne sourirait plus.

Ces derniers jours, il avait tenté de suivre la règle prescrite par le Dr Tullia au cours de leurs entretiens.

« N'agissez pas comme vous croyez qu'elle le souhaite. Soyez franc avec elle. Permettez-lui de vous parler franchement, elle aussi. »

Mais il était incapable de suivre le conseil du médecin et de se montrer patient. Il était temps maintenant qu'il exprime ses sentiments.

— Je ne peux pas te le dire autrement, mais je veux divorcer, déclara-t-il, le cœur battant à se rompre.

Elle ne bougea pas d'un pouce mais pâlit d'un seul coup.

Tant pis, maintenant qu'il avait commencé, il fallait qu'il aille jusqu'au bout, même si cela lui broyait le cœur.

— À un moment, dans la mine, j'ai souhaité que la terre se mette de nouveau à trembler, que je reçoive de nouveau un coup sur la tête et que je me réveille comme j'étais avant.

— Comment as-tu pu penser une chose pareille ? s'écria Luna.

— Tu ne te rends pas compte de ce que j'endure…

Elle poussa un cri étouffé, et tout son corps se mit à trembler.

— Je ne comprends pas que tu sois retourné là-bas.

— Tu sais pourquoi je l'ai fait.

— Mon chéri…, souffla-t-elle.

— Je ne me sens pas bien au fond de moi, Luna. D'ailleurs, je m'en veux d'avoir fait subir cette épreuve à ces hommes. Et à toi aussi. Tu crois peut-être que je ne sais pas ce que tu as pensé quand tu as appris que j'avais complètement perdu la mémoire ? Nous sommes devenus l'un pour l'autre des étrangers, et jamais plus je ne serai à la hauteur de tes attentes. Je suis fatigué de chercher sans cesse à me réinventer, à redevenir l'homme que j'étais. Ça ne marche pas.

— Tu ne sais pas ce que tu dis, répondit-elle, les joues en feu.

— Bien sûr que si. Comme je l'ai répété au Dr Tullia, tu es un ange. Trop parfaite. Jamais la moindre défaillance. Quand nous nous sommes mariés pour le meilleur et pour le pire, nous ignorions que je deviendrais amnésique. Tu mérites de refaire ta vie avec quelqu'un qui sera digne de toi.

— Parce que toi, tu n'es pas digne de moi ?

— Non, je ne te mérite pas, Luna. Il faut que tu sois libre. Dès l'instant où je me suis réveillé à l'hôpital de Rezana, je me suis raccroché à toi. Mon égoïsme absolu a fait de ta vie un enfer.

— Arrête, Rini ! Tu ne comprends donc pas à quel point j'ai été heureuse que tu exiges ma présence à tes côtés à chaque seconde ? Après tout, moi aussi, je suis une étrangère pour toi.

— Mais tu ne peux même pas quitter une pièce sans que je te demande où tu vas ! Dès mon réveil, j'ai besoin de toi. Quand je dors, j'exige que tu dormes avec moi. Sans toi, je ne ferais plus rien.

— Je ne demande rien d'autre.

— Parole de femme de devoir.

— Pas du tout. Je t'aime. Sinon, je t'aurais dit que je voulais qu'on se sépare avant même que tu sortes de l'hôpital.

— Grâce à ton abnégation, j'ai pu traverser les pires moments de cette épreuve mais, désormais, je me sens capable de survivre seul. Quant à toi, pour redevenir la personne que tu mérites d'être, il faut que tu sois libérée des liens de notre mariage. Je suis devenu bien trop possessif, et ce n'est pas juste. Tu as vingt-six ans et la vie devant toi. Rester enchaînée à moi te priverait de ton avenir.

— Comment as-tu pu imaginer tout ça ? dit-elle en se levant d'un bond. Que me caches-tu encore ?

— Vincenzo a prétendu qu'il était venu nous aider parce

que tu avais besoin de respirer et que mes grands-parents se faisaient du souci pour toi, bloquée avec moi vingt-quatre heures sur vingt-quatre.

— C'est ce que t'a dit Vincenzo qui t'a mis dans un pareil état de doute et d'angoisse ?

— Peux-tu nier que tu ne te sentes pas enchaînée à moi ?

— Je le nie absolument !

— Tu te sens trop engagée avec moi pour le reconnaître, mais tu ne mènes pas la vie que tu espérais. Je ne veux pas vivre en me sentant coupable de t'en priver. Tu m'as dit que nous avions eu le coup de foudre, et je ne peux pas le nier, mais l'homme qui est ressorti de la mine n'est plus le même que celui qui y était entré. Il faut que tu rencontres quelqu'un d'autre et que tu en tombes amoureuse, en espérant qu'il restera toujours la même personne. Alors, tu pourras rebâtir ta vie et réaliser tes rêves.

— Et les tiens, de rêves ?

— Je n'en ai plus, Luna. J'essaie simplement de survivre. Mes grands-parents espèrent une transformation qui ne se produira jamais. Quant à mon emploi à la compagnie minière, je suis prêt à l'abandonner aussi.

— De quoi vivras-tu ?

— L'argent que j'ai économisé sur mon salaire me permettra de partir dans une nouvelle direction. Plus important, je veillerai à ce que tu sois toujours à l'abri et à ce que tu conserves ton titre. Ce *palazzo* et tout ce qu'il contient resteront à toi pour toute ta vie. Tu ne manqueras de rien.

— Sauf de l'homme que j'aime, répondit-elle d'une voix tremblante qui aurait pu le faire changer d'avis s'il avait été moins déterminé.

— Il a disparu dans cette catastrophe, Luna. Tu dois l'accepter.

— Tu as parlé de tout ça au Dr Tullia ?

— Ce n'est pas nécessaire. Il ne peut pas me faire redevenir l'homme que j'étais. Personne n'en est capable.

Elle le fixa de ses grands yeux verts, pleins de flammes.

— Donc moi, je n'ai plus rien à dire ?

— Non. « Pour le meilleur et pour le pire », cela ne s'applique pas à notre situation. Je ne suis plus l'homme qui a prononcé ces vœux, et jamais plus je ne redeviendrai celui que tu as choisi.

Luna posa la main sur son bras.

— L'homme que je veux, c'est celui qui est en face de moi en cet instant, avec tous ses problèmes.

— Mais moi, dans ces circonstances, je ne veux plus de toi.

— Tu ne peux vraiment pas faire comme si nous venions de nous rencontrer ? Tout recommencer de zéro, comme nous l'avions décidé au bord du lac ?

— Nous vivrions dans le mensonge pour le reste de nos jours. Cela ne marchera ni pour toi ni pour moi, dit-il en ravalant ses larmes.

Chancelante, elle se laissa tomber sur la chaise la plus proche.

— Tu veux donc en finir de cette façon, Rini ?

Incapable d'en supporter davantage, il se dirigea vers la porte de leur suite.

— Pendant le vol qui me ramenait de la mine, j'ai élaboré un plan. Cette nuit, je vais dormir au premier, dans la chambre d'amis, et demain, je déménagerai à l'hôtel.

— Et après ?

— J'achèterai une nouvelle voiture, et l'après-midi, j'irai consulter un avocat pour régler le divorce. Ne te fais aucun souci, mes grands-parents t'aiment beaucoup et t'indiqueront le meilleur avocat disponible, ajouta-t-il en ouvrant la porte. Je te souhaite une bonne nuit. Dès maintenant, tu es libre de mener la vie qui te convient. Au cas où tu ne le saurais pas déjà, je tiens à te dire que tu es la meilleure.

Les yeux voilés de larmes, Luna regarda partir Rini.

Il lui avait posé un ultimatum, et rien ne pourrait le faire changer d'avis, elle le savait. Si elle lui avait révélé qu'ils attendaient un enfant, cela n'aurait fait qu'ajouter au sentiment de culpabilité qu'il éprouvait, et c'était la dernière chose qu'elle souhaitait. Naturellement, il faudrait bien qu'elle le lui dise, mais plus tard, après avoir réfléchi mûrement.

Elle passa l'heure suivante à tourner et à retourner dans sa tête tous les éléments de la situation.

Il avait jeté le gant mais, contrairement aux chevaliers du Moyen Âge, il ne s'attendait pas à ce qu'elle le ramasse. Pourtant, elle avait des révélations à lui faire…

Considérant enfin qu'elle n'avait rien à perdre, elle se leva et descendit frapper à la porte de la chambre d'amis.

— Rini ?

— Entre, dit-il de sa voix grave.

Surprise d'être accueillie si facilement dans son nouveau sanctuaire, elle entra et le vit assis sur son lit, son ordinateur sur les genoux. Sa robe de chambre découvrait ses longues jambes puissantes.

— Si tu es venue discuter, sache que c'est inutile, dit-il sans quitter son écran des yeux.

— Je le sais, et je suis là pour une tout autre raison.

— Mais encore ?

Elle s'assit au bord du lit, assez près pour le toucher, mais elle résista à la tentation.

— Avant que tu mettes ton projet à exécution demain, je voudrais te demander une faveur.

Cette requête le surprit, et il releva la tête. Leurs regards se croisèrent.

Jamais elle ne l'avait trouvé aussi beau, aussi viril.

— Depuis que tu es rentré de Slovénie, nous n'avons fait aucun voyage ensemble. Nous n'avons pas pris le temps de nous détendre, de nous distraire, ni même tout simplement de profiter un peu l'un de l'autre.

Il referma son ordinateur.

— J'ignorais que tu avais envie de voyager. Pourquoi ne me l'as-tu pas dit plus tôt ?

— Nous avons été si occupés que je n'ai même pas songé à faire une pause. Mais puisque tu as décidé de divorcer, j'espère que, avant de nous séparer, tu m'emmèneras en vacances.

— Tu peux partir quand tu veux.

— Je n'ai pas envie de voyager seule. Ce n'est pas drôle. Et puis, sans toi, où irais-je ?

— Tu pourrais le proposer à une amie. Ta collègue Suzanne, par exemple.

— Non, Rini. J'étais trop accablée par le chagrin pour faire le moindre projet. Mais depuis que Zigo m'a permis de te retrouver et de te ramener chez nous, tout a changé : nous sommes devenus amis, et je suis certaine que nous pouvons passer de bons moments ensemble. Pourquoi ne pas fêter notre liberté retrouvée ? Nous parlerons romanche, nous oublierons l'italien, et quand nous serons rentrés à San Vitano, tu iras voir tes grands-parents pour discuter de tes projets.

Constatant que Rini avait l'air de réfléchir à sa proposition, elle se dit que c'était bon signe.

— Si j'accepte, tu as une destination en tête ?

— Oui ! Ce qui me plairait, c'est de descendre en voiture jusqu'à Venise en passant par Bolzano. Loin des circuits touristiques et sans rien planifier. Une semaine, peut-être. Qu'en penses-tu ?

Ils avaient passé leur lune de miel à Venise. Une tentative de la dernière chance pour réveiller sa mémoire.

Rini ne répondit pas, sans toutefois lui opposer de refus catégorique.

— Tu devrais y réfléchir, Rini. On en reparlera demain matin. Mais c'est une simple proposition, et si tu dis non, je n'en mourrai pas.

Sans insister davantage, elle quitta la chambre pour remonter dans leur suite.

Le Dr Tullia avait autorisé Rini à lui téléphoner à toute heure, même la nuit. Comme il ne pouvait pas dormir, il le prit au mot et l'appela chez lui à 6 heures du matin. Il tenta de se faire comprendre, malgré ses difficultés en italien.

— Rini ! Quelle surprise !

— Désolé, mais j'ai besoin d'aide.

— Je vous écoute.

— Je vais divorcer de Luna, mais auparavant, elle voudrait que nous partions en vacances. Moi, je n'y tiens pas.

— Pourquoi ?

Agacé par cette question, Rini se mit à arpenter nerveusement sa chambre.

— Je veux divorcer tout de suite.

— C'est elle qui vous a retrouvé !

— *Si.*

— Elle vous rend heureux ?

— *Si.*

— Alors, où est le problème ? C'est à vous de la rendre heureuse à votre tour, maintenant. *Correto* ?

— *Correto*, déclara Rini après un bref moment de réflexion.

Le gentil Dr Tullia était un sage, il savait ce qu'il disait. Et en effet, jusque-là, Luna ne lui avait demandé aucune faveur.

— *Grazie, Dottore.*

— De rien. Appelez-moi quand vous voulez.

Rini raccrocha, en pleine confusion.

À la pensée de tout ce que Luna avait fait pour lui sans contrepartie depuis le séisme, il se sentait accablé de honte. La veille, contrairement à sa promesse, il était rentré très tard de la mine. Il lui avait annoncé brutalement qu'il voulait divorcer, et pour être sûr qu'elle avait bien compris, il lui avait dit qu'il préférait dormir dans la chambre d'amis avant d'aller s'installer à l'hôtel.

Pour se racheter, il devait donc accepter de l'emmener en voyage.

Une fois sa décision prise, il monta dans leur chambre

pour lui en faire part. En entendant le bruit de la douche, il décida de s'habiller et d'aller l'attendre dans la salle à manger, où Viola l'accueillit avec empressement. Elle lui versa du café ainsi qu'à Luna et déposa un plateau de petits pains sur la table.

Il apprécia la confiture maison de prunes du verger. Quand Luna pénétra dans la pièce, ravissante dans une robe jaune imprimée, il avait déjà dévoré trois petits pains.

En le découvrant, elle ouvrit de grands yeux.

— *Buongiorno,* Rini.

Il se leva pour lui avancer une chaise, enivré comme toujours par son parfum si délicat.

— Je croyais que nous avions décidé de parler romanche.

— Bien sûr, comme tu préfères, répondit-elle d'une voix soudain très gaie.

— Je suis prêt à partir dès que tu voudras.

Viola apparut, portant des assiettes d'œufs au jambon. Rini s'y attaqua, mais Luna y toucha à peine. Il mit cette absence d'appétit sur le compte du choc que lui avait causé sa capitulation. Elle annonça à l'intendante qu'ils partaient en vacances pour une semaine.

— Ça me fait plaisir, répondit Viola.

— À moi aussi. Jusqu'à aujourd'hui, nous n'avons fait que travailler. Il est temps de prendre un peu de bon temps.

— Vous avez bien raison, approuva Viola, les mains sur ses larges hanches. Mateo va vous préparer la voiture.

— Merci, mais nous allons en acheter une autre. Pour remplacer celle que nous avons offerte.

— Pourquoi veux-tu acheter une nouvelle voiture ? s'enquit Rini lorsque l'intendante les eut quittés.

— Pour éviter d'être reconnus. Nous voyagerons incognito, un couple ordinaire. Avant de quitter Asteria, nous achèterons donc la voiture la plus répandue dans la classe moyenne.

Il lui sourit, heureux qu'elle se montre aussi inventive.

— Je gagne combien ?

— Nous travaillons tous les deux dans un pressing, et nous avons économisé juste assez d'argent pour nous offrir une semaine de vacances. Je vais appeler tes grands-parents pour leur annoncer que nous partons, et aussi Fabio pour l'informer que je serai absente une semaine de plus. Finis de déjeuner pendant que je monte me changer et faire les bagages. Nous ne prendrons qu'une seule valise, de taille moyenne.

— Pourquoi ?

— Notre voiture ne peut en contenir qu'une, et d'ailleurs, nous n'avons besoin que de shorts, de T-shirts et de sandales. Sans oublier nos maillots de bain, ajouta-t-elle avant de quitter la pièce.

10.

Rini se sentait tout excité. Dès qu'il eut fini de manger, il se précipita dans l'escalier.

— Hello, fit-il en ouvrant la porte de la chambre.

Il eut du mal à reconnaître sa femme. Des sandales bleues à brides mettaient en valeur ses jambes magnifiques. Elle portait un short bleu pâle et un T-shirt d'un rouge éclatant orné d'un marshmallow. Plus étonnant encore, elle avait relevé ses cheveux et les avait dissimulés sous une casquette de base-ball. Des lunettes de soleil vertes complétaient le tableau.

Jamais il n'avait vu une silhouette pareille.

— Tu trouves que je ressemble encore à la princesse Baldasseri ?

— Ta transformation me laisse sans voix.

— Parfait, répondit-elle en riant. Ta nouvelle tenue t'attend sur le lit, alors fais-en autant, et étonne-moi !

Il découvrit un T-shirt orné d'un dinosaure chevauchant une moto, qu'il enfila sans discuter, ainsi qu'un short beige, une casquette et des lunettes de soleil violettes.

— Tu es parfait, s'écria-t-elle en applaudissant des deux mains. Si ma grand-mère était encore là et que je lui dise que tu es mon futur mari, elle en tomberait dans les pommes.

— Même si ce n'est plus le cas, pourquoi ne passerions-nous pas d'abord par la Suisse ? Après, nous irions à Venise et nous rentrerions par Bolzano.

Le regard de Luna s'éclaira.

— Ce serait super ! Il y avait un B&B tout près de chez

elle. On pourrait y dormir. On avait souvent projeté de le faire, sans jamais trouver le temps de s'absenter.

Si ce projet ne s'était pas concrétisé, c'était sans doute de sa faute à lui, songea-t-il.

— Finis d'emballer ce qu'il te faut, dit-elle, je t'ai réservé la moitié de la valise. Ensuite, nous irons acheter notre nouvelle voiture. C'est moi qui la paierai.

Soudain, il eut hâte de prendre la route avec elle, en toute liberté. Comme si on le libérait de la prison où il était enfermé. La perspective d'un voyage exempt de toute contrainte, de toute convention, cela lui donnait des ailes. Durant sept jours, il allait vivre pleinement, sans penser au vide des années qui l'attendaient.

Une demi-heure plus tard, sous un soleil éclatant, ils arrivèrent au garage. En voyant le modèle choisi par Luna, une petite voiture classique qui avait l'air d'un jouet, il se mit à rire. Puis il alla chercher leurs bagages dans le coffre de sa berline et les transféra dans l'autre. Luna remplit les papiers avant de lui tendre les clés.

— Notre carrosse nous attend. Nos gardes du corps n'auront aucun mal à garder l'œil sur nous.

En effet ils n'étaient pas les seuls : le garagiste et son employé semblaient incapables de détacher leur regard de Luna !

— Espérons que ce bolide nous conduira jusqu'à la frontière, déclara Rini en s'installant derrière le volant.

— Lorsque nous arriverons en Suisse, arrêtons-nous à la première gare. Ils y vendent les meilleures tourtes à la viande du monde. J'irai en acheter. J'en salive d'avance.

— Ça ne m'étonne pas, tu n'as rien mangé au petit déjeuner.

— Ce voyage me met en appétit.

La voiture n'était pas équipée de GPS. Heureusement, Luna s'était munie d'une carte et le guida jusqu'à la frontière, puis ils passèrent en Suisse. Sur la route, tous les véhicules dépassaient leur petite voiture, mais il s'en moquait. Un merveilleux moment. L'impression de faire l'école buissonnière. Au son de la musique que diffusait la radio, ils roulèrent vers Scuol.

— Voilà la gare. Arrête-toi, je vais acheter de quoi déjeuner.

Tout en contemplant ses jambes superbes, il réalisa soudain qu'il comprenait tous les mots écrits sur la devanture, que ce soit en romanche ou en italien.

Il avait fait du chemin. Grâce à Luna.

— Mission accomplie, lança-t-elle en se rasseyant à côté de lui, un sac à la main.

Tous les regards masculins étaient rivés sur elle.

— Je dois reconnaître que c'est la meilleure tourte que j'aie jamais mangée, reconnut-il après en avoir goûté.

— Je te l'avais dit, répondit-elle en mordant dans la sienne avec appétit. J'en ai acheté quatre, au cas où on aurait encore faim dans un moment. J'ai pris aussi du jus de fruit que j'aime bien. Et aussi des friandises, mais pour plus tard.

En plus d'être ravissante, sa femme était vraiment adorable, et être à côté d'elle sans la toucher devenait de plus en plus difficile.

Ils reprirent la route.

— Je vois des montagnes blanches, là-bas.

— Oui, c'est spectaculaire, hein ? Nous allons arriver à Scuol. J'adorais y faire du ski.

— Je ne me souviens pas d'avoir skié.

— Tu étais pourtant un excellent skieur, et d'une façon générale, un sportif de haut niveau.

Tout ce qu'elle disait lui allait droit au cœur.

— Prends ce boulevard sur la droite, lui dit-elle quand ils furent en ville. Et maintenant, tourne à droite après l'église. La maison de mes grands-parents est là, au bout de la rue.

— Qui l'habite maintenant ?

— Un professeur et sa femme.

Ils arrivèrent devant un chalet à deux étages, orné de jardinières de fleurs.

— Quelle charmante demeure !

— Je l'adorais. Ma chambre était là, au second.

— Tu veux t'y arrêter ?

— Non. Sans ma famille, ce ne serait plus pareil, répondit-elle d'une voix émue.

— Je suis très content que nous soyons venus là. Veux-tu passer dire bonjour à tes cousins ?

— Je n'y tiens pas. C'est notre voyage à tous les deux.

— Il y a pourtant quelque chose que j'aimerais voir, si tu es d'accord. Cela nous permettra d'ailleurs de nous dégourdir les jambes. Et après, nous pouvons dîner dans un restaurant du coin.

— Parfait. Si du moins je réussis à m'extraire de ce véhicule, ajouta-t-elle avec un sourire qui lui réchauffa le cœur.

— On ferait peut-être mieux de s'arrêter tout de suite pour réserver une chambre. Il y a un B&B juste au coin de la rue.

De toute la ville émanait un charme un peu désuet et très alpestre, très plaisant. Sa femme avait grandi là, et il s'émerveilla qu'elle se soit si bien adaptée à San Vitano après leur mariage. Jamais elle n'avait semblé avoir le mal du pays… Mais il y avait tant de choses qu'il ignorait d'elle.

Luna prit la situation en main, et après qu'ils furent enregistrés, ils partirent pour le château qui se dressait sur une colline.

— Schloss Tarasp date du XIe siècle et fait la gloire de l'Engadine du Sud. En nous dépêchant, nous pourrons sûrement entendre l'orgue. Quand j'étais petite, ma grand-mère m'a dit qu'il avait deux mille cinq cents tuyaux. J'ai passé des heures à essayer de les compter.

Il avait terriblement envie de lui faire l'amour.

Malheureusement, ils arrivèrent trop tard pour le concert, mais ils purent parcourir les salles d'armes et de bal. Et surtout, il apprécia les anecdotes que Luna lui raconta sur sa jeunesse.

Ils dégustèrent ensuite une fondue au fromage avant de rentrer à leur B&B. En guise de dessert, elle tira de son sac une barre de Frigor, son chocolat préféré. Après cette merveilleuse journée, il se sentait parfaitement détendu.

Après avoir ôté leurs déguisements, ils se préparèrent à se coucher et, une fois sous les couvertures, il se tourna vers elle.

— Qu'as-tu envie de faire demain ?

Luna resta soigneusement de son côté du lit.

La nuit précédente, ils n'avaient pas dormi ensemble, et en ce moment elle brûlait d'envie de se blottir dans ses bras.

— Pour être franche, je préférerais aller directement à Venise. J'y ai déjà séjourné une fois sans avoir le temps de tout visiter, alors qu'on dit que c'est la plus belle ville du monde.

Elle espérait que lorsqu'ils y arriveraient, la splendeur du paysage réveillerait chez Rini un souvenir enfoui.

— Très bien, acquiesça-t-il.

Évidemment, il cherchait à lui faire plaisir, mais en réalité il aurait préféré se cloîtrer à l'hôtel jusqu'au divorce.

Une fois de plus, elle se demanda ce qui l'avait poussé à accepter sa proposition alors qu'il était si désireux de la quitter au plus vite.

— Ce voyage était ton idée, Luna, mais je reconnais que je profite de chaque instant. Et maintenant, bonne nuit à toi.

— À toi aussi.

Une bonne nuit, alors que son mari était là, allongé, à quelques centimètres d'elle, et qu'elle allait devoir surmonter cette épreuve sans le supplier de l'aimer une dernière fois…

Au bout de plusieurs heures d'insomnie, elle sombra enfin dans le sommeil.En se réveillant, elle s'aperçut que Rini était déjà levé. Rasé et douché de frais, il sentait délicieusement bon. Il portait un nouveau short et un autre T-shirt humoristique.

Ces casquettes et ces hauts, elle les avait achetés des mois avant parce qu'elle les trouvait drôles, mais jamais elle n'aurait cru qu'ils les porteraient dans une occasion aussi importante.

— Pendant que tu te douches et que tu t'habilles, je file chercher le petit déjeuner. Et après, en route pour Venise.

— Super.

Mais elle eut le plus grand mal à ne pas se jeter dans ses bras pour l'empêcher de partir.

En son absence, elle appela la Villa Marvege, juste à côté de la place Saint-Marc où ils avaient séjourné durant leur lune de miel. Elle y réserva leur ancienne chambre au nom du prince héritier de San Vitano. Sinon, compte tenu de l'afflux des touristes, jamais ils ne trouveraient à se loger.

Le concierge l'assura que tout serait prêt pour les accueillir dès 13 heures. Elle aurait préféré voyager incognito, mais elle tenait à réserver précisément cette chambre, dans l'espoir que cela ravive la mémoire de Rini.

Leur lune de miel avait été une semaine de pur enchantement, tant ils étaient fous amoureux l'un de l'autre. Du début à la fin, ils n'avaient fait que parler et faire l'amour, et quand ils avaient dû rentrer chez eux, elle en avait éprouvé une grande mélancolie.

Lorsque Rini revint avec des croissants fourrés au jambon et au fromage, elle était prête, les cheveux relevés au-dessus de la tête, et elle remettait sa casquette.

— C'est vraiment dommage de cacher cette magnifique chevelure, protesta-t-il.

— Peut-être, mais c'est comme ça.

— Une vraie crinière de sorcière, répliqua-t-il sur un ton badin, qui émut terriblement Luna parce que c'était celui du Rini d'avant.

— Toi aussi, tu n'es pas trop mal depuis que tu as repris tout le poids que tu avais perdu. Je ne connais aucun homme plus beau ni plus sexy. Quand nous avons visité le château, les femmes s'intéressaient plus à toi qu'aux vieilles armures.

— Je n'ai rien remarqué, répondit-il en lui adressant un sourire complice. J'étais trop occupé à me demander comment la petite fille de Scuol avait pu se transformer en une superbe jeune femme.

— Et moi, j'aimerais savoir pourquoi aucune femme ne t'a mis le grappin dessus avant qu'on se rencontre.

— Si tu veux tout savoir, personnellement, je suis très surpris que tu n'aies pas été conquise par un Suisse quand tu étudiais à l'université de Saint-Gall. Mais en définitive, ça n'a aucune importance, puisque nous nous sommes trouvés. Même si cette rencontre s'est faite à tes dépens.

— Si nous changions de sujet ? suggéra-t-elle en se détournant, navrée par cette allusion à leur futur divorce.

— Excuse-moi.

— Et maintenant, mangeons, dit-elle en prenant un croissant.

Ils reprirent la route en direction de l'Italie en écoutant du soft rock à la radio.

Elle ferma les yeux, la tête en arrière, le cœur gros à l'idée qu'elle devait parler du bébé à Rini avant qu'ils ne rentrent à Asteria. Il était vraiment décidé à la quitter, et cette nouvelle allait le contrarier d'une façon qu'elle préférait ne pas imaginer. Tout en désirant tout faire pour sa fille ou son fils, sans doute redouterait-il de ne pas être à la hauteur de son rôle de père.

Elle remâcha ces idées jusqu'à ce qu'ils arrivent à Venise.

La vue de la ville bâtie sur l'eau raviva en elle tant de souvenirs passionnés que les larmes lui montèrent aux yeux. Elle se tourna alors vers Rini, mais elle constata qu'il restait impassible. Visiblement, Venise ne lui rappelait rien.

Quelle folie de croire qu'un nouveau miracle puisse se produire après celui qui lui avait permis de le retrouver vivant à Rezana !

— Que s'est-il passé depuis que nous avons quitté Scuol, Rini ? Depuis, tu n'es plus le même.

— Quand nous sommes passés devant chez tes grands-parents, je me suis dit que toi, tu n'avais plus de famille sur qui t'appuyer quand nous aurons divorcé.

— Mais si ! Antonia et Leonardo sont devenus ma famille. Je les adore.

— Excuse-moi d'avoir remis ce sujet sur le tapis.

— Je t'en prie…

Ce voyage devenait trop douloureux, une véritable torture.

Le lendemain, après l'avoir emmené faire un tour sur la place Saint-Marc, elle lui proposerait de rentrer. Elle lui parlerait du bébé durant le trajet de retour.

Elle avait déjà réfléchi au droit de visite. Rini serait toujours le bienvenu au *palazzo,* et quand il viendrait, elle logerait au palais pour qu'il soit libre de profiter de son fils ou de sa fille autant qu'il le voudrait.

Durant le reste de la journée, ils visitèrent le palais des Doges et prirent une gondole pour remonter le Grand Canal et admirer le Pont du Rialto. Ils déjeunèrent d'une pizza au bord de l'eau avant de regagner leur chambre donnant sur le Grand Canal.

— Il n'y a pas de plus beau spectacle au monde, dit Rini alors qu'ils contemplaient la vue depuis le balcon. C'est une ville merveilleuse, et je suis ravi que tu aies eu envie de revenir ici. Tu as un projet pour ce soir ? C'est toi qui décides.

— Dans ce cas, je préférerais ne pas ressortir. Après cette pizza, je n'ai vraiment plus faim, et je dois reconnaître que je me sens fatiguée.

— Très bien.

Soulagée qu'il accepte de rester à l'hôtel, elle se doucha et enfila une chemise de nuit avant de se glisser sous les draps.

De son côté, Rini alluma la télé pour regarder une vidéo sur Venise et s'étendit sur le lit, tout habillé.

Demain, elle lui expliquerait qu'elle était enceinte et qu'elle préférait rentrer. Pour le moment, elle se sentait épuisée, à la fois physiquement et moralement.

— Bonne nuit, Rini.

— Dors bien, Luna.

Distrait par la présence de sa femme allongée à côté de lui, Rini ne parvenait pas à se concentrer sur les images. La chevelure de Luna, illuminée par la lumière de l'écran, le fascinait, et il avait envie de plonger les doigts dans ces mèches soyeuses.

Avant de partir, il s'était promis que, durant ce voyage, rien n'entamerait sa résolution de se tenir à distance de cette femme qu'il adorait, mais il ne réussirait pas à tenir sa promesse. Il valait mieux qu'ils rentrent dès le lendemain, car il ne pouvait rester en sa présence sans lui faire l'amour, ce qui serait cruel puisqu'il était bien décidé à divorcer.

En proie à une douloureuse frustration, il éteignit la télé et resta allongé sur le côté, le plus loin possible de Luna, à écouter de la musique dans ses écouteurs.

Il s'était senti excité à la perspective de ce voyage, et ce projet l'avait un moment arraché à sa dépression. Mais l'effet de la nouveauté s'était estompé, et maintenant, il souhaitait absolument s'éloigner de Luna pour vivre seul sa vie. Plus les minutes passaient, et plus il se sentait déprimé.

Il ferma les yeux en espérant que le sommeil ne tarde pas trop à venir.

Soudain un énorme vacarme retentit, réveillant Luna. On aurait dit qu'un train traversait la pièce.

— Gustavo ! hurla Rini en se redressant sur le lit.

Gustavo, n'était-ce pas le nom de l'ingénieur des mines qui était mort enseveli par le séisme ?

De nouveau, un vacarme assourdissant résonna dans toute la chambre, et elle agrippa le bras de son mari, dont tous les muscles étaient tendus.

— Suis-moi, Gustavo. Je vais nous sortir d'ici, dit-il dans un italien parfait.

Que se passait-il ?

— Chéri, c'est moi, Luna ! Réveille-toi, tu fais un cauchemar

De nouveau une suite de pétarades, et elle comprit alors qu'on tirait un feu d'artifice.

— C'est un tremblement de terre, reprit Rini, toujours en

italien, en se jetant hors du lit pour ramper sur les genoux et les bras. Suis-moi. Je sais par où sortir. Il y a un conduit qui débouche à flanc de montagne.

En découvrant l'expression horrifiée de son visage, elle comprit qu'il revivait la terrible expérience qu'il avait vécue dans la mine. Il parlait à nouveau italien, mais il ne pouvait pas l'entendre, tel un somnambule qu'il ne faut pas réveiller.

Il rampa jusqu'à la fenêtre ouverte et se remit debout. Au-dehors, le feu d'artifice du Rédempteur, qui avait lieu une fois par an, battait son plein.

Elle prit son mari dans ses bras et le serra contre elle

— Tout va bien, mon chéri. Ce n'est pas un tremblement de terre. Reviens te coucher.

Les bras et tout le corps tendus, durs comme de l'acier, il demeura immobile.

— Gustavo ? J'espère que tu m'entends. Je vais chercher de l'aide. Je reviens au plus vite.

Comme il commençait à escalader le balcon, elle s'agrippa à lui pour l'en empêcher.

— Retourne-toi, Rini ! hurla-t-elle. Regarde-moi !

Il la fixa sans la voir.

— Je vais tous vous tirer de là, je vous le jure. Il faut que j'aille chercher de l'aide pour les hommes.

— Ils vont bien, et toi aussi. Écoute-moi.

— Mais le tremblement de terre...

— Il n'y a pas de tremblement de terre. C'est seulement un feu d'artifice, et nous sommes à Venise.

— Un feu d'artifice ? répéta-t-il en pleine confusion.

— Oui. Reviens te coucher. Nous allons l'admirer ensemble depuis notre lit.

Émergeant peu à peu de sa transe, Rini regarda par la fenêtre, puis il la dévisagea d'un air étrange.

— Luna ? murmura-t-il comme s'il doutait de sa réalité. C'est toi ? Tu es là ?

— Oui, répondit-elle en lui caressant les cheveux. Oui, mon amour. Tu n'es pas dans la mine. Tu es à Venise, avec moi.

Il lui caressa lentement les bras.

Avant la catastrophe, il le faisait quand il avait envie de faire l'amour.

— Luna…

Il la contemplait comme s'il la voyait pour la première fois, et elle comprit qu'il était enfin de retour. Oui, son Rini était de retour, le miracle s'était produit !

Sa joie était si forte qu'elle chancela.

Alors, il la souleva comme une jeune mariée et la porta dans ses bras jusqu'au lit. Ses lèvres se posèrent sur les siennes, puis il enfouit le visage au creux de son cou.

Il savait exactement où l'embrasser pour la rendre folle de désir. Le Rini d'avant était rendu à la vie, et celui d'à présent aussi. C'était comme si tous les deux lui faisaient l'amour en même temps.

Leurs vêtements volèrent, et ils ne firent bientôt plus qu'un, tandis que le feu d'artifice illuminait la nuit vénitienne.

— Dis-moi que je ne suis pas en train de rêver, murmura-t-il un peu plus tard en prenant son visage entre ses paumes. Dis-moi que je suis redevenu l'homme que j'étais.

— Oui, c'est bien toi, *mi amante*. Te rends-tu compte que tu parles parfaitement italien ?

— Mais oui, s'exclama-t-il, fou de joie. Je me souviens de tout, maintenant. Cette chambre d'hôtel. Nous y avions passé notre lune de miel.

— Exactement ! s'écria-t-elle. Je t'ai demandé de m'emmener à Venise en espérant que cela réussirait à raviver ta mémoire. Mais jamais je n'aurais imaginé que ce serait un feu d'artifice qui t'arracherait à ta prison mentale.

— J'ai cru que le tremblement de terre recommençait. C'était exactement le même bruit. C'est ça qui a réveillé quelque chose dans mon cerveau.

— Oui, je t'ai entendu appeler Gustavo, t'inquiéter des

mineurs et essayer de les faire sortir. Ça me brise le cœur de savoir ce par quoi tu es passé, la terreur que tu as vécue. Quand j'ai entendu la première fusée, j'ai cru qu'un train nous fonçait dessus. Mais maintenant, c'est du passé, ajouta-t-elle en le couvrant de baisers. Les médecins vont être stupéfaits quand ils constateront que ce feu d'artifice t'a rendu la mémoire. Cela fera sûrement l'objet d'un article dans un journal médical. Tes grands-parents aussi vont être fous de joie de retrouver leur petit-fils.

— L'autre jour, je n'avais plus toute ma tête. J'ai prétendu que je voulais divorcer. C'était la dernière chose dont j'avais envie, seulement je ne voyais pas d'autre issue. Mais maintenant, tout a changé. Mon grand-père tient à ce que je lui succède un jour, et c'est mon devoir. Mais, plus important encore, pourras-tu me pardonner de t'avoir fait tant de mal ?

Elle se blottit contre lui.

— Bien sûr, répondit-elle, folle de joie. Pourquoi ne pas rentrer dès aujourd'hui chez nous et faire la surprise à tes grands-parents ?

— Cela peut attendre. Ce voyage, c'est ton voyage à toi, dit-il en lui effleurant les lèvres du bout du doigt. Il te faut en profiter autant qu'il te plaira.

— Mais j'ai envie de rentrer au *palazzo*, Rini. Il y a des tas de choses dont je voudrais parler avec toi.

Rini sourit avant de l'embrasser passionnément.

— Bien sûr. Et moi, j'aimerais bien savoir ce qui se passe dans cette jolie tête.

— Ce n'est pas seulement dans ma tête qu'il se passe quelque chose.

— Où donc, alors ? Là… ou là ? questionna-t-il en posant la main sur sa gorge puis sur ses seins. Ou là ? ajouta-t-il en lui caressant le ventre.

— Tu brûles.

Leurs regards se croisèrent, et elle sentit la main de Rini trembler.

— Oui, *amore mio.* Un nouveau petit prince ou une princesse va bientôt naître. Je l'ai su le matin même du tremblement de terre, et quand nous serons rentrés chez nous, je te donnerai le cadeau que je garde depuis. Nous allons devoir faire quelques aménagements au *palazzo.* Viola et Marco vont être aux anges. Eux qui n'ont jamais pu avoir d'enfant, ils profiteront des nôtres.

Les yeux humides, Rini lui prit la main.

— Je ne suis pas sûr de pouvoir supporter un si grand bonheur. Mais si je n'avais pas recouvré la mémoire… ?

— Je ne veux plus entendre de « mais ». Notre enfant aura le meilleur père au monde.

— Et aussi la meilleure des mères, je peux le certifier, murmura-t-il en se penchant pour lui embrasser le ventre avec une tendresse qui l'émut aux larmes.

— Rini…, commença-t-elle.

— Je suis un adulte, mais quand tu m'as pris en charge à Rezana, j'étais comme un petit enfant perdu. C'est toi qui m'as réappris à vivre. Puis tu m'as emmené à Venise, et tu m'as rendu à moi-même. Je te vénère, Luna, et je veux te faire l'amour aussi longtemps que possible.

Épilogue

Rini embrassa sa femme endormie – et enceinte jusqu'aux yeux – pour lui souhaiter une bonne journée avant de se glisser hors du lit.

— Tu dois encore aller à la mine ? gémit Luna.

— C'est la dernière fois avant la naissance.

Ils n'avaient pas voulu savoir le sexe du bébé. Ils ne souhaitaient qu'une chose : qu'il soit en bonne santé.

Comme l'accouchement n'était pas prévu avant un mois, il n'était pas inquiet de la laisser.

— Je te promets que je serai rentré à 17 heures.

À en croire Pesco, la présence de nouveaux filons d'or pourraient bien être confirmée aujourd'hui, une excellente nouvelle pour le royaume, et il tenait à se trouver sur le site pour assister à cette découverte.

— Prends bien soin de toi, *tesoro mio.*

— Et toi aussi, *pulcina mia.*

— Je ressemble à une barrique !

— Tu n'as jamais été aussi belle, dit-il en se penchant pour l'embrasser sur les lèvres une dernière fois avant de s'envoler vers la mine.

Une heure plus tard, il rejoignait son équipe. Ils descendirent pour explorer une nouvelle série de galeries. Pesco l'attendait.

— C'est de l'or, Votre Altesse, dit-il avec un sourire radieux. Et en grande quantité, si on explore toutes les veines.

Rini le suivit à travers les galeries.

Cette mine était en activité depuis trois cents ans, mais

tout laissait à penser qu'elle continuerait à enrichir le royaume longtemps encore.

— Si vous n'aviez pas demandé à ce qu'on enlève les blocs de pierre qui obstruaient cette galerie depuis le tremblement de terre, jamais on n'aurait découvert ce nouveau filon, déclara Pesco

— On n'a pas retrouvé les corps.

— Non, hélas, mais cela nous permet de continuer à travailler ici.

— Vous avez raison, et j'en suis très heureux.

— Et nous, nous sommes très heureux que vous ayez recouvré la mémoire.

Tous applaudirent.

Comme il se sentait différent de sa visite précédente, quand il était si près de tout abandonner et même de quitter la femme qu'il aimait ! Aujourd'hui, il était tellement impatient de rentrer chez lui pour retrouver Luna pour lui annoncer cette bonne nouvelle. Entre cette découverte et le bébé qu'ils attendaient, comment ne pas se sentir pleinement heureux ?

Dès qu'il fut remonté à la surface, il sauta dans l'hélicoptère qui devait le ramener à Asteria. À peine eut-il atterri qu'il se précipita dans sa voiture.

Alors qu'il se garait derrière le *palazzo,* Viola accourut vers lui.

— Heureusement, vous voilà. Luna vous a appelé ?

— Non. Que se passe-t-il ?

— Elle est partie pour l'hôpital. Le docteur a dit que le travail avait commencé.

Il sentit ses mains se crisper sur le volant.

— Mais nous attendions le bébé le mois prochain !

— Il doit être pressé de naître.

En proie à une excitation teintée d'anxiété, il démarra en trombe.

Tandis qu'il roulait vers l'hôpital, son téléphone sonna. C'était le numéro de Luna.

— *Amore mio ?*

— Non, répondit la voix d'Antonia, mais je t'appelle de sa part. Le bébé va naître.

— Pourquoi personne ne m'a averti ?

— Elle a eu des contractions toute la journée mais n'a pas voulu te déranger à la mine tant qu'elle n'était pas sûre. Quand ça s'est intensifié, Mateo l'a conduite à l'hôpital.

— J'aurais dû être à ses côtés.

— Personne ne pouvait le prévoir. Où es-tu ?

— À proximité de l'hôpital.

— Viens vite. Elle te réclame.

Cette fois, c'était Luna qui occupait la suite royale de l'hôpital. Tout le personnel soignant était là pour l'aider, et les grands-parents de Rini attendaient dans la pièce à côté, mais pour elle, un seul être comptait.

Lorsque son mari entra dans la pièce, toujours aussi beau, même vêtu d'une blouse d'hôpital, une nouvelle contraction s'annonçait, et elle l'accueillit par un gémissement.

— Luna, *mi amante*…

Elle s'agrippa à la main qu'il lui tendait.

— Enfin, tu es de retour, haleta-t-elle, avant d'être interrompue par une douleur particulièrement vive.

La gynéco vint se placer au pied du lit.

— Luna, vous êtes prête à accoucher. Quand la prochaine contraction se produira, poussez aussi fort que vous pourrez…

— Tu vas y arriver, souffla Rini.

Quelques minutes plus tard, un vagissement retentissait dans la pièce.

— Vous avez fait du bon travail, *principessa*, voilà un beau petit garçon ! s'exclama la sage-femme.

Après la section du cordon ombilical, le bébé fut enveloppé dans une serviette et placé sur le ventre de Luna.

Luna, folle de joie, serra contre elle le petit corps tiède de son enfant et leva les yeux vers son mari.

— C'est incroyable, Rini ! Nous avons un fils !

— Il est beau comme sa maman, dit celui-ci, les yeux humides, en l'embrassant sur la bouche.

— Vous avez choisi un prénom ? demanda quelqu'un.

— Oui, répondit-elle. Andreas Giulio Leonardo Vincenzo Baldasseri. Andreas était le prénom de mon père.

— Si vous le permettez, nous allons maintenant l'emmener pour lui prodiguer les premiers soins. À mon avis, il doit peser trois kilos, et il respire bien. Pour un enfant né avec un mois d'avance, c'est parfait.

Deux heures plus tard, après beaucoup d'excitation, Rini se retrouva enfin seul avec sa femme. Andreas dormait tranquillement dans la nurserie, mais il se réveillerait bientôt. Une infirmière s'était occupée de Luna, qui semblait épuisée. Il l'embrassa sur la bouche avec douceur.

— J'ai failli avoir une attaque quand Viola s'est précipitée vers la voiture pour m'annoncer que tu étais partie à l'hôpital. J'aurais tellement préféré être là avec toi, à ce moment-là.

— Tu es arrivé à temps, Rini, c'est tout ce qui compte. Comment cela s'est-il passé, à la mine ?

— On vient d'y découvrir un nouveau filon d'or.

— Encore un miracle !

— Le plus beau des miracles, c'est notre fils. Il est parfait.

— Parce que tu es son père.

— Je ne dis pas le contraire, mais aussi parce que sa mère est un ange. *Ti amo, mi moglie.*

Vous avez aimé ce roman ?
Retrouvez les Baldasseri dès le mois de septembre
dans votre collection Azur !

La vengeance d'un Espagnol,
de Pippa Roscoe - N°4631

Emily n'a pas revu Javier Casas depuis qu'elle l'a quitté, six ans plus tôt. C'est donc un choc pour elle d'être appelée au chevet de son époux, blessé au cours d'un accident. Alors que les médecins le disent amnésique et demandent à Emily de prendre soin de lui, elle doute. Ou plutôt, elle *sait* que Javier, fidèle à lui-même, se souvient de tout et ne cherche qu'à la ramener chez lui pour lui rappeler les moments délicieux qu'ils ont partagés avant de se haïr…

Une servante pour épouse,
de Jackie Ashenden - N°4632

Prisonnière depuis l'enfance, Rose mène la vie difficile d'une servante. Jusqu'au jour où elle ose demander de l'aide à Ares Aristiades, qui séjourne dans le manoir de son geôlier. Malgré les balafres qui marquent son visage, l'homme d'affaires grec lui inspire confiance… et désir ! Une alchimie d'autant plus troublante qu'Ares la soumet à un pacte dangereux : il rendra sa liberté à Rose si elle l'épouse et lui donne un héritier…

Le play-boy des sables, de Maya Blake - N°4633

Un cauchemar. Pour Javid al-Jukrat, devenir le souverain de Riyaal est inconcevable. Et pourtant, en tant que prince suppléant, il n'a d'autre choix que d'endosser le rôle que le destin lui impose aujourd'hui. Pire encore, il doit renoncer à sa vie de play-boy notoire pour épouser l'innocente Anaïs, avec laquelle il n'a rien en commun. Du moins le croit-il, car dans la chambre à coucher leur mariage de convenance prend soudain une tournure délicieusement passionnée…

L'inconnu des Bahamas, de Cara Colter - N°4634

Depuis qu'elle a été abandonnée devant l'autel, Marlee déteste les mariages. Et ce n'est pas cette noce organisée à Coconut Bay qui la fera changer d'avis. Quoique… Arrivée sur l'île paradisiaque, elle est vite envoûtée par les plages de sable doré, les fleurs multicolores, les cocotiers à perte de vue… et le regard brûlant de Matteo, un inconnu rencontré sous les étoiles. Alors, Marlee s'autorise une liaison aux Bahamas, une parenthèse à savourer contre toute raison…

Mon irrésistible milliardaire, de Lucy King - N°4635

Nick Morgan, le meilleur ami de mon frère, me déteste depuis toujours. Et pourtant, c'est à lui et à ses talents de financier que j'ai décidé de faire appel, quand j'ai brusquement hérité une fortune colossale. C'est ainsi que je me retrouve sur Suza, son île privée au cœur de l'océan Indien. Mon séjour supposé professionnel prend immédiatement une tournure inattendue. Non seulement une tempête tropicale m'oblige à rester auprès de Nick davantage que je ne l'avais imaginé, mais surtout le désir qui nous rapproche est aussi irrépressible que la haine qui nous oppose…

Le jeu d'une princesse, de Jessica Gilmore - N°4636

Sœur cachée d'une princesse, Clem mène une vie tranquille en Cornouailles. Jusqu'au jour où sa chère Arrosa lui rend visite, afin de lui annoncer le mariage arrangé auquel elle consentira bientôt. Touchée par sa détresse, Clem lui propose d'échanger leurs vies durant l'été. Arrosa se reposera au village, tandis qu'elle prendra sa place au palais. Un jeu de rôle simple et innocent en apparence, du moins Clem le croit-elle. Car elle ne tarde pas à être démasquée par Akil, le sublime vicomte d'Ortiz, le promis de sa sœur…

Nuits volées avec un roi, de Sharon Kendrick - N°4637

Rosie n'est pas de sang royal, elle n'a même pas le sang bleu. Elle n'est ni riche ni célèbre. Et pourtant, elle a grandi en rêvant que Corso, le prince héritier du trône de Monterosso, voie en elle autre chose que la gentille fille d'un domestique. Or voilà que, devenus adultes, tous deux se retrouvent pour une tournée internationale. Entre Londres, Paris et New-York, Rosie succombe à une passion interdite entre les bras de l'homme qu'elle aime, tout en sachant que bientôt il devra choisir parmi l'élite sa reine…

Le fruit du hasard, d'Emmy Grayson - N°4638

SÉRIE : *LES FRÈRES CABRERA* - 2/3

Organisatrice d'événements ultra-efficace, Calandra ne laisse rien au hasard. Jusqu'à sa rencontre avec Alejandro Cabrera, directeur d'une compagnie maritime et grand séducteur. Cet homme insupportable a beau être son exact opposé, il l'attire dangereusement. Au point qu'elle perd la raison entre ses bras, au cours d'une nuit passionnée. Le réveil est brutal pour Calandra, hélas ! Bientôt, en effet, elle se découvre enceinte de son amant…

Les vœux de Nikolaï, de Lucy Monroe - N°4639

SÉRIE : *DÉCRET ROYAL* - 1/3

Lorsqu'elle n'était qu'une adolescente naïve, Lady Nataliya a signé un contrat stipulant qu'elle convolerait un jour avec le prince de Mirrus. Aujourd'hui pressée de se libérer de ce piège matrimonial, elle vend à un journal le récit scandaleux de ses cinquante rendez-vous amoureux ! Sa stratégie fonctionne à merveille : son promis, furieux d'être ridiculisé, rompt leurs vœux. Hélas, le frère de ce dernier – le roi Nikolaï en personne – exige de Nataliya qu'elle respecte l'accord originel en l'épousant à la place !

Tendre scandale, de Dani Collins - N°4640

SÉRIE : *QUATRE MARIAGES ET UN BÉBÉ* - 1/4

C'est une habitude chez Hunter : il s'attend toujours au pire. Pourtant, rien ne l'avait préparé au scandale qui s'abat sur lui le jour même de ses noces. Alors qu'il se trouve au côté de sa future épouse, une riche héritière qui devrait l'aider à établir sa respectabilité, voilà que le mariage est interrompu par une autre femme. La douce Amelia, avec laquelle il a passé une nuit enivrante un an plus tôt, a fait irruption dans l'assistance avec un bébé dans les bras ! Une petite fille qui ressemble étrangement à Hunter…

Un bébé venu de Grèce, de Melanie Milburne - N°4641

Lorsqu'elle se découvre enceinte, Emily est bouleversée. Et dire qu'il lui a suffi d'une seule nuit d'amour pour en arriver là… Hélas, si l'idée d'être mère l'emplit d'émotion, elle sait que la situation est loin d'être idyllique. Car le père de son enfant n'est autre que Loukas Kyprianos, un milliardaire grec qui ne lui a plus donné de nouvelles après leur folle étreinte. Comment réagira cet homme réfractaire à tout engagement, quand elle lui révélera qu'ils sont désormais liés à jamais ?

RESTEZ CONNECTÉ AVEC HARLEQUIN

Harlequin vous offre un large choix de littérature sentimentale !

Sélectionnez votre style parmi toutes les idées de lecture proposées !

www.harlequin.fr

- **Découvrez** toutes nos actualités, exclusivités, promotions, parutions à venir…
- **Partagez** vos avis sur vos dernières lectures…
- **Lisez** gratuitement en ligne
- **Retrouvez** vos abonnements, vos romans dédicacés, vos livres et vos ebooks en précommande…

L'application Harlequin

- Des **ebooks gratuits** inclus dans l'application
- **50 nouveautés tous les mois** et + de 7 000 ebooks en téléchargement
- Des **petits prix** toute l'année
- Une **facilité de lecture** en un clic hors connexion
- Et plein d'autres avantages…

Téléchargez notre application gratuitement

Télécharger dans l'App Store

DISPONIBLE SUR Google Play

SUIVEZ-NOUS !

facebook.com/HarlequinFrance
twitter.com/harlequinfrance